ウソ婚契約ですが、ドSな敏腕外科医から溺愛を注がれてます

m a r m a l a d e b u n k o

ミカリ

marmalade bunko
マーマレード文庫

目次

ウソ婚契約ですが、ドSな敏腕外科医から溺愛を注がれてます

序章

朝の新宿駅《しんじゅく》は、色と音と匂《にお》いがあふれ返っている。

真夏は過ぎたといえども、残暑厳しい季節だ。

九月の中旬、女性はまだ夏の明るい色の服が多い。

御塔坂結凪《おとうざかゆな》も、その中のひとりだ。

去年買ったマキシワンピに、おろしたての厚底サンダル。

シャンパンゴールドのボヘミア風花柄のサンダルは、踵《かかと》の部分が十センチある。

京王《けいおう》線新宿駅で電車を降りると、ＪＲ新宿駅との連絡改札を抜けて連結通路を人波に流されながら歩いていく。

毎朝のことで慣れているとはいえ、一五五センチの結凪にとって人混みは敵である。

フラットシューズを履くと、つり革が遠い。

人混みの中では前の人の背中しか見えないことも当然で。

十センチの底上げでいつもより世界が広く見えるというのは、なかなかに気分がいい。

階段を下りる足取りすら軽くなる朝だ。

連結通路に階段の下りと上りが連続している。

京王線側は十七段、ＪＲ側は十八段。

毎日使っているうちに、自然と段数の差に気がついた。

さして長い階段ではないのだが、雨の日は足元がすべって怖い。

――でも今日は天気もいい。新しいサンダルで視界も広い。

ご機嫌で下り階段に足をかけた瞬間、左足首がぐきりと内側に大きく曲がった。

くるぶしが床につくほどの角度。

痛みを感じる余裕さえなく、体がうしろに傾《かたむ》いていく。

転ぶ、とわかってから、実際に転倒するまでの時間はなぜこんなにも一秒が引き伸ばされて見えるのだろう。

結凪がバランスを崩して腰を思い切り段差に打ちつけたころには、気配を察した前の一団がさあっと左右に割れる。

まるでモーセの海割りではないか。

スカートの裾《すそ》がめくれ、体が一段ずつ、ドン、ドン、と打ちつけられながら落ちていく。

歩いているときには長い階段ではないと思っていたが、こうして落下してみれば結構な高さだ。

体のあちこちをぶつけ、足首の痛みに力を入れることもできずに滑り台よろしく落ちる一途の結凪に、よく響く男性の声が聞こえた。

「頭をかばえ!」

――そうだ、頭!

両手で後頭部を守る。

もとよりあまり頭のいいほうではない。

これ以上愚《おろ》かになったら、目も当てられない。

何より、頭を打ったら大きな怪我につながる。

ガガガガ、ドン、ドサッ。

階段の一番上から一番下まで、完全なる落下が終わった。

どこが痛いということではなく、全身いたるところが軋《きし》んでいる。

「失礼、通してください。通ります」

先ほど、頭をかばえと言ってくれた男性の声が結凪を追いかけてきて、左脇に膝をついた。

「意識はありますか?」

「はい……」

返事をする声がうわずったのは、階段から落ちたことだけが理由ではない。
――えっ、何？　芸能人？　好みすぎ……って、そんな場合じゃないけど！
結凪を覗《のぞ》き込んできたのは、小さな顔に細く長い首の、美しい男性だった。
前髪を軽く分けて、すべらかなひたいを見せつけている。
眉はやわらかな弧《こ》を描き、左右対称の優しそうな目。
細い鼻梁《びりょう》に形良い鼻が続き、かすかに口角の上がった口元が色っぽい。
「ぼうっとしてます？」
「あっ、いえ、それは別の理由なので！」
右手のひらを彼に向けると、相手は慣れた様子で「ならいいです」とすげなく答えた。
これほどの美形となれば、見惚《みほ》れられることも日常茶飯事なのだろう。
ところで優しそうな目のイケメンではあるが、なんとなく目が笑っていない。
――なのに、声が甘い。
低く艶《つや》のある声質に、感情的ではなくとも甘さを感じる話し方。
第一声から、よく響く声だと思った。
だが、それだけではない。声そのものが美声なのだ。
「おい、大丈夫か？」

「女の子が落ちたぞっ」

「救急車を」

今さら周囲が騒ぎはじめ、結凪は恥ずかしさから慌てて体を起こそうとした。

「動かないで」

けれど、即座に青年が結凪の肩を押しとどめる。

手が大きい。指が長い。短く切りそろえた爪まで美しい。

天は二物を与えずと言うけれど、こんなにどこもかしこもきれいに作られた人間というのが存在するのか。

「落ち着いてください。私は医者です。どなたか、駅員さんを呼んできてください。救急車はそのあとで」

——お医者さんってことは、美形で声がよくて頭もいいの？　何それ、最高すぎる。

まだ階段から落ちたショックも冷めやらぬ状態だが、彼のよく響く声に聞き惚れてしまう。

「お名前は言えますか？」

「御塔坂結凪、二十三歳、カフェ店員です」

「頭は打ちましたか？」

「たぶん打ってないと思います」

「念のため、私の手を握ってみてください。まず右手から」

「はい」

きれいな手を、きゅっと握る。

特に指先に違和感はなかった。

――わー、イケメンの手を握った！

「では、次に左手をお願いします」

「はい」

「問題ないようですね」

にこりともせず、彼は冷静に応じた。

その間にも、めくれたスカートの裾をそっと下ろしてくれる。

クールと優しさのバランスが絶妙で、どうにも目が離せない。

「頭をきちんとかばいましたね。よくできました」

「は、はいっ」

「今はショックで、まだ痛みが追いついていないかもしれません。主《おも》に、どのあたりを打ったかわかりますか？」

肩、背中、腰、お尻。

だが、それらとは別に早くも痛みでジンジンしている箇所がある。

「あの、左足首が……」

「ああ、折れていますね」

触れることさえせずに、彼は首肯した。

「この手の底が厚い靴で転倒する場合、足首を骨折することが多いです。ストラップをはずしてもいいですか？」

「お願いします」

ストラップの金具を、彼が慎重にはずしてくれる。

その手は優しく、結凪の肌に直接触れないよう気遣ってくれているのがわかる。

しかし――

「いったぁあああ！」

サンダルのストラップを少し引っ張られるだけで、内側から足首を金槌《かなづち》で殴られるような痛みが爆《は》ぜた。

「もう腫《は》れてきています。詳細はレントゲンを撮影しないとわかりませんが、様子から見て折れた骨がずれている可能性が高いでしょう」

——骨が、ずれる⁉

結凪は、骨折すら経験がない。

これが人生初めての骨折ということだ。

「ストラップを、切ります」

「えっ」

彼はバッグから取り出したらしい小ぶりのハサミを右手に、結凪を見てかすかに微《ほほ》笑《え》んだ。

——う、美しい……！

真新しいサンダルのストラップを切られる悲しみも忘れ、脂汗のにじむ顔で笑い返す。

ほぼ同時に、ぱちんと何かが弾《はじ》けるような音がして、足首が自由になる。

どうやら腫れた足首にストラップが食い込んでいたらしい。

「サンダルを脱がせます。痛いかもしれませんが、動かないでください」

「待って、待ってください。あの、我慢できないときはどうすれば……⁉」

歯医者でよく言われる。

『痛かったら右手を挙げて教えてください』

あんな感じに、痛すぎるときの対処を何か授けてほしかった。

彼は一瞬、何か考える素振《そぶ》りで左上に視線を向ける。

次の瞬間。

「がんばりましょう」

わずかに目を細めて、うなずいた。

——つまり、我慢するしかないってこと？

「行きますよ。5・4・3——」

カウントダウンにぎゅっと目を閉じる。

「2」

「っっ……！　ひ、ぎゃッ！」

まだ0になっていない。

だが、2のタイミングで彼はサンダルを抜き取ってしまった。

——足が！　壊れる！

「う、うう、うそつき……」

かわいげのない悲鳴をあげたあと、結凪は涙目で美しい医者を睨《にら》みつけた。

「よくあるやり方です。油断しているときのほうが体がこわばっていませんから」

いかにも正しいと言いたげに、彼はことんと結凪のサンダルを床に置く。

——ああ、まだ新しかったのに。もう履けなくなっちゃった。

残念な姿になったサンダルを見て、痛みと落胆の混ざるため息をこぼす。

そうしている間に、駅員が駆けつけた。

体中、あちこちが鈍《にぶ》く痛む。

立ち上がれない結凪を確認し、駅員が一一九番に連絡をしてくれる。

「それでは、私はこれで」

美形で美声の医師が立ち去ろうとするのを、結凪は「あの！」と必死に呼び止める。

「はい？」

「お名前を……」

いったい、いつの時代の会話だ。

時代劇で、助けてもらった町娘が言うような言葉を口にしてしまった。

「あ、そういうのいいんで」

——拒《こば》まれた！

「それより、靴はもう少し歩きやすいものを選んだほうがいいですよ。それでは」

名も知らぬ美しい医師は、颯爽《さっそう》と去っていった。

第一章
美形ドクターは毒舌でした!?

救急車で総合病院の整形外科へ運ばれ、レントゲンを撮影した結果、

「あー、これはかなりずれてますね」

若い医師がどこか楽しげにパソコンの液晶を覗《のぞ》き込む。

折れてますね、ではなく。

ずれてますね、である。

診察室に入った時点で、骨折はほぼ確定だった。

「ここ、骨が大きくずれているのわかりますか？　それからこっち、この細かい白い部分は骨が砕けているんですね」

「骨が、砕けて……!?」

——わたしの足、元通りに治るの？

レントゲン写真の説明を受けながら、さすがに血の気が引いていく。

その分、足首はパンパンに血がたまっていた。

「手術してリハビリをすることになります。まずは、腫《は》れが収まるのを待って、日程を決めましょう」

「あの、日程っていうのは手術のですか？」

「そうです」

「それまで、ずっとこのままですか？」

「入院して経過を観察します。とりあえず、今は内側にたまった血を抜きますね」

「ま、待ってください！　入院ってどのくらいの期間ですか？　わたし、バイトしないと生活費が！」

結凪《ゆな》は、従姉《いとこ》と一緒に住んでいる。

記憶している現在の貯金は、家賃五カ月分。

ちなみにふたりの住む部屋は、一カ月十万円の家賃を折半している。

結凪の貯金額は二十五万円ということになる。

入院費用と手術費用を考えたら、今から頭が痛い。

――わかってる。わたしが迂闊《うかつ》だった。新しいサンダルで浮かれて、階段から落ちた。

しかし、実家に助けを求めたら、即座に「地元の病院に転院しなさい」と言われるのは目に見えている。

「最短で三週間、たいてい一カ月ほどと思ってください」

「いっかげつ……ですか……」

眼前《がんぜん》が真っ暗になる。

絶対に貯金でまかないきれないのが目に見える。

あまりのショックに対処の方法も思いつかない。

――わたしの貯金だけじゃどうにもならない。だったらどうする？　誰かに助けを求めるって言ったって、誰に？

そもそも、今回の入院と手術でどのくらいの費用がかかるのか。

現時点で、必要な金額もわかっていないのだ。

こんな状況では、相談のしようもなかった。

そのあとのことは、だいぶ記憶から抜け落ちていた。

おそらく、ほかにも説明を受けたように思う。

とりあえず、従姉の和穂《かずほ》に連絡をして入院に必要なものをそろえてもらうよう頼んだ。

――どうしよう。どうしたらいいんだろう。

ふたり部屋の病室に、結凪はひとり、ベッドに仰向《あおむ》けになっている。

病院着に着替えさせてもらうだけでも、足首はズキズキと痛んだ。

階段の段差で打ちつけた背中や腰も鈍《にぶ》い痛みが続いている。

これから一カ月の入院生活を送ることを考えると、頭痛も止まらない。

結凪には、実家に帰りたくない理由があるのだ。


生まれ育った町は、とても小さな世界だった。

閉鎖的で古い考えの横行《おうこう》する化石のような町を、結凪は子どものころから苦手としていた。

山間《やまあい》にある小学校は、年々子どもの数が減っていっている。

結凪が入学したときは一学年に一クラス、十四名のクラスメイトがいたけれど、今年の入学式で一年生は六名しかいなかったと母から電話で聞いた。

思い出すたび、肌にねっとりと絡みつく。

ランドセルを背負って家路を急ぐ背中に、おかえりと一緒に「結凪ちゃん、あそこんちの子とはあんまり仲良くしたらいけんよぉ」と追いかけてくる声。

中学三年の夏、わざわざ結凪の家まで来て「今の成績じゃあ、あの高校は無理なんじゃないかね」と玄関先で言い続けた隣人。

大学入試に失敗し、東京の専門学校へ行くことを決めた結凪に「あんたは絶対この町に帰ってくる。親孝行ってのはそういうことだ」と呪うように笑った、同じ町内の老女。

あそこには、秘密がなかった。

どこにどんな人間関係があるか、互いに常に見張り合っている。

それを親密や親切、愛情と履き違えている人たちの暮らす小さな世界に、結凪は耐えきれなかった。

一年早く上京していた従姉の和穂と一緒に東京で生活してから、自分のいた環境の異常さをあらためて自覚した。

あの町には帰りたくない。

帰省も最低限にしてきた。帰るたびに「就職はこっちでするんでしょ」と言う母親にうなずけなかった。

手に職をつけ、東京で生きていく。

そう心に決めてがんばってきたのに。

現実は、結凪の気持ちや努力を反映してくれないこともある。

最初の挫折は早かった。

調理師専門を出て、新卒で就職したレストランがわずか二カ月で倒産したときのショックは忘れられない。

どうせ倒産するなら、新卒の自分を採用しないでくれればよかったのに。

とはいえ、落ち込んでいても貯金は減る。お腹は空くし、家賃も光熱費も待ってはくれない。

一念発起して中途採用で次の仕事を見つけた。

今度こそ、ここでがんばろう。石にかじりついても一人前になる、と思ったのだが。

――最初の職場は倒産、次の職場はセクハラパワハラモラハラの三重苦……！

シェフのハラスメントに耐えに耐えた二年間。

最初の職場が二カ月で倒産したから、今度は長く続けようとがんばった。

最終的に、結局はブチ切れた。

ハラスメントシェフと大喧嘩《おおげんか》をして、啖呵《たんか》を切ってレストランを辞めてしまったのだ。

もっと大人の対応ができたのではないか、と思うところもある。

あんな辞め方でなければ、転職の準備だってできた。

さすがに一週間ほど落ち込んだけれど、もとが楽天的な性格だ。

一カ月、ゆっくり休んで楽しいことだけをして、それからアルバイトを探すことにした。

正社員の安定感は喉から手が出るほどほしいものだったけれど、今の自分に必要なのは楽しく仕事をすることだと心から思った。

失敗体験を重ねても、いいイメージはどんどん遠ざかる。

運が悪いのか自分が悪いのか、なんて考えたところで無駄《むだ》だ。

まずは、仕事を楽しむこと。

それだけを念頭に決めたアルバイトは、全国展開しているカフェチェーンのスタッフだった。

かわいい制服と清潔でおしゃれな職場。

店長は優柔不断な面もあるけれど、バイト仲間とも関係は良好で、コーヒーについて勉強もできる。

いずれ、また料理の道に戻るつもりで、結凪はカフェでのバイトを堪能していた。

入院して思うのは、バイトはほんとうに不安定な生活だということ。

自由には責任が伴う。

――でも、こうなると正社員が羨《うらや》ましいなあ。

自分で選んだ結果だが、アルバイトは勤務した分の時間給がそのまま収入になる。

入院して働けなくなれば、当然収入は途絶えてしまうのだ。

ベッドの上でしゅんとしていると、枕元のスマホがぶうんぶうんと着信を告げる。

画面に表示されているのは『母』の一文字。

——うう、出ないわけにはいかない……！

逃げたい気持ちをこらえ、結凪はスマホを耳に当てた。

「はい、もしもし」

『結凪、大丈夫なの？　入院したって和穂ちゃんから連絡もらったわよ！』

耳元で聞こえる大きな声に、思わず顔をしかめる。

「あー、うん。まあ、ちょっと骨を折っただけだから。よくある怪我《けが》だよ」

実際は、人生初の骨折だ。よくあるとは言いがたい。

おまけに手術もする。それなりの怪我だが、結凪はあえてなんでもないように軽く返事をした。

『お母さん、そっちに行くから。ひとりじゃどうにもならないでしょ』

「いいって。お母さんが来たら、お父さんはどうするの。わたしなら大丈夫。和穂ちゃんもいるし」

『和穂ちゃんだって、仕事があるんだから。迷惑かけちゃ駄目《だめ》でしょ』

「や、ほんとに。たいしたことないのにお母さんがこっちに来るほうが大げさだしさ」

手術には全身麻酔を使うので、家族に待合室で待機してもらうよう、病院から説明を受けている。

母に来てもらうのが正しいのはわかる。わかっているのだ。

——でも、ここは和穂ちゃんにお願いするしかない！

高校を卒業してから五年間。

地元に戻りたくない一心で、東京にしがみついてきた。

こんな怪我で連れ戻されるのは、結凪の望むところではない。

『そんなこと言って……』

「あ、看護師さん来たからまたあとで。ほんとうにぜんぜん軽い怪我だから、急に来たりしないでね！」

誰も訪れてなどいない病室で、慌てたふりをして通話を終える。

母に嘘《うそ》をつく罪悪感はあった。

——ごめん、お母さん。わたしは実家に帰りたくない。あそこで生きていける気がしないんだ。

あの町を嫌いなのは、結凪の都合だと知っている。

両親は、地元で生まれ地元で出会い、地元で結婚して生きてきた。

生まれ育った町を愛せなくとも、家族は愛している。

それでも。

どうしても、結凪は地元に帰って生きていく自分を想像できなかった。

ふう、と息を吐《つ》いたタイミングで病室のスライドドアが遠慮がちにノックされる。

こういうときは、どうしたらいいのだろう。返事をすべきなのか？

ためらっている間に、するするとドアが動いた。

「和穂ちゃん！」

「よかった。ここで合ってた」

従姉の和穂が、安堵の微笑を浮かべて病室に入ってくる。

「ナースステーションで部屋の番号を聞いたんだけど、外に名前がなかったから悩んじゃった」

入院して数時間しか過ぎていない。

まだ準備が整っていなくとも仕方がない話だ。

「来てくれてありがとう。ごめんね」

「ううん。結凪、だいじょうぶ？　一応、必要そうなものは持ってきたよ」

一歳上の父方の従姉である御塔坂《おとうざか》和穂は、大学の教育学部を卒業して進学塾の講師をやっている。

歯ブラシや下着、靴下、卓上に置けるポータブル扇風機など、必要なものから必要性を疑うものまで、従姉はいろいろと持ってきてくれた。

昔から面倒見のいい人だった。

和穂といると、結凪は完全に妹ポジションで彼女に甘えてばかりな自覚がある。

「和穂ちゃん、入院の保証人の欄に署名お願いしていい？」

「ああ、電話で言ってた件ね。それと、手術の付き添いもしてほしいんだっけ？」

「うん。誰か家族の付き添いが必要らしいの」

「わかった。手術の日程が決まったら教えて」

おや、と結凪はまばたきをする。

いつもなら目を見て話す和穂が、今日に限って妙に目を伏せていた。

――もしかして、急にこんなことになったからイラっとしてる？

「あの、和穂ちゃんごめんなさい……」

「ん？　どうしたの。階段から落ちたのは結凪のせいじゃないでしょ？」

「でもわたしが慣れないサンダルを履いていたせいだもの」

「朝の新宿《しんじゅく》駅なんて、慣れた靴でも転ぶときは転ぶよ。気にしないで、今は療養して」

怒っている様子ではない。

――だとしたら、どうしたんだろう。

かすかに目を伏せた和穂は、右手を下腹部に当てている。

「和穂ちゃん、体調が……」

言いかけた結凪の耳に、バタバタと慌ただしい足音が聞こえてきた。

ひとりではない。ふたりか、三人か。

「ここじゃない？」

「あ、ここ」

結凪の病室の前で足音は止まり、和穂がドア側に振り返る。

それとほぼ同時にスライドドアが勢いよく開いた。

「ゆなてゃ、骨折したってまじ？」

「階段落ちるとか痛い痛い」

顔を出したのは、バイト先の同僚たちである。

美穂《みほ》と英玲奈《えれな》は、双子かと思うほど似たメイクと髪型、服装で病室に入ってきた。

「えれぴよ、店長から聞いて抜けてきちゃった」

「あたしは今日休みー」

元気いっぱいのふたりを見て、和穂は一歩下がる。

塾講師をしているものの、和穂は少々人見知りなところがあるのだ。

「それじゃ、結凪。わたしは仕事があるからこれで。何か足りないものがあったら、いつでも連絡してね」

「ありがとう、和穂ちゃん」

ふたりに会釈をすると、和穂はそそくさと病室を出ていった。

人見知りなだけではなく、ちょっとギャルっぽい美穂と英玲奈が苦手というのもありそうな気はする。

和穂の勤める学習塾は、進学のための塾だ。

話によれば、まじめな生徒が多い。

「てか、ゆなてゃ、手術するって?」

「うん。ふたりとも来てくれてありがとう」

「いーっていーって、堅苦しいこと言うなってー」

ギャルふたりはこう見えて、カフェでは結凪よりも先輩である。

最初に入ったとき、仕事を教えてくれたのは英玲奈だった。

「え、ギプスしてないじゃん」

ベッドに吊《つ》っている脚を見て、美穂が首を傾《かし》げる。

「腫れが引くのを待って手術するらしくて、ギプスはしないみたい」

「は？　骨折で手術？」

「やばい怪我なんじゃないの？」

ふたりがそろって驚愕《きょうがく》に表情をこわばらせた。

――うんうん、わかるよ。その気持ち……！

「全身麻酔で手術するんだよ」

「こわ！」

「入院どのくらい？」

「一カ月くらい。早ければ三週間って言われてるんだけど」

「えー、その間、ゆなてゃのシフトどうすんの？」

それを言われると心苦しい。

結凪が休むことで、ほかのスタッフたちがシフトを増やすことになるのだろう。

「一カ月も休んだら、クビかなあ……」

ため息をついた結凪を、ふたりが笑い飛ばす。

「ないない」

「あの優柔不断店長に、クビ切る根性なんてない」

言われてみればたしかに、そんな気もしてきた。

「そうだ、これ。店長がゆなてゃに持っていけってー」

差し出されたのは、カフェで販売しているドリップコーヒーギフトの小パックだった。

「え、ありがとう」

「ケチだよねー。フルーツ盛りのひとつも持たせろって話だよ」

「わかるー」

騒々しい美穂と英玲奈が帰ると、病室は急にしんと静かに感じられた。

西向きの窓は、夕陽がひどく眩《まぶ》しい。

白い室内をオレンジ色に染め上げて、今日が終わっていく。

——足、痛い。バイト、どうしよう。和穂ちゃん、なんかいつもと違った。何かあったのかな。不安。それに足痛い……

鎮痛剤が切れてきたのか、何を考えても最終的に「足が痛い」にたどり着いてしまう。

骨が折れて剥《は》がれてずれているのだから、痛くないほうがおかしい。

「……はあ、西日すごいなあ」

腕で庇《ひさし》を作って目を閉じる。

母は、来ないでくれるだろうか。

和穂のかすかな不自然さはなんだったのか。

バイトを休んで、生活はどうすればいい――

考えれば考えるほど、不安要素ばかりが積み上がっていく。

今の結凪に明るい話題なんてひとつもない。

強《し》いて言うなら、駅で「頭をかばえ」と声をかけてくれた医師がイケメンだったことくらいだ。

コンコン。

控えめなノックが聞こえた。

この半日で、病室というのはこちらが返事をしなくとも相手がドアを開けるものだと学んでいる。

見舞いに来てくれた人たちだけではなく、看護師もたいていそうだった。

コンコン。

しかし、このノックの主《ぬし》は結凪の返事を待っているようだ。

「はい、どうぞ」

腕の庇を少しずらし、ドアに向かって声をあげる。

するとと、ようやくスライドドアがゆっくりと開いた。

「えっ……!?」

そこに立っていたのは、朝に新宿駅で会った医師である。

——嘘《うそ》、まさかこんなところで再会するだなんて!

そう思ってから、これはおそらくただの偶然ではないと気がつく。

結凪が名前を尋ねても教えてくれなかった。

こちらは名乗ったものの、名前だけで入院患者を探し出せるほど、昨今の病院は個人情報に緩くない。

——だとしたら、これは偶然じゃなくて。

「失礼します。具合はどうですか?」

彼は後ろ手にドアを閉め、結凪の横たわるベッドに近づいてきた。

ワイシャツにネクタイ、その上に白衣を着ている。

「痛いは痛いですけど、たまっていた血を抜いてもらって鎮痛剤を処方してもらったので、少しマシです。あの、あなたは——」

「まあ、痛くて当然ですね。レントゲン見ました。見事にずれてました」

――この病院のお医者さんなの？

目を丸くした結凪に、彼が目を細める。

「整形外科の朱宮《あけみや》です」

「あけみやせんせい……」

朝は名前すら教えてもらえなかったが、首から提げたＩＤカードにも『整形外科医』

『朱宮湊大』と表記されていた。

「下の名前はなんて読むんですか？」

「それは秘密です」

――なぜ！

憤慨《ふんがい》する気持ちが顔に出ていたのか、彼は右手をひたいに当ててみせた。

「だって教えたら、御塔坂さん喜びそうじゃないですか」

「えっ、喜びますよ。ダメなんですか？」

「ちょっと引くかな」

――えええええ！

「わたしの名前は知ってるのにずるいです！」

「私はあなたの手術の執刀医です。名前くらい、知っていて当然ですよ」

まだ手術の日程すら決まっていなかったのに、執刀医が決まっていたとは。

結凪はぽかんと口を開けて、西日に染《そ》まる彼を見上げた。

「そうだい」

「？　なんですか」

「名前の読み方ですよ。たしかにこちらだけが知っているのはフェアではありませんから。朱宮湊大《そうだい》です。よろしく」

「よろしくお願いしますっ！　痛っ……」

勢い込んで上半身を起こしかけ、左足首の痛みに眉根を寄せる。

怪我をして半日。

まだまだ自分の体の痛みに慣れていない。

「朝から思っていたんですが、御塔坂さんはちょっと鈍感で浅慮《せんりょ》ですよね」

「言い方、きつすぎます……」

「わかりました。うっかりさんですね？」

言葉がやわらかくなったところで、完全にｄｉｓられているのは間違いなかった。

「足首、動かさないようにしてください。一応固定はしていますが、寝返りなんて打とうものなら大変ですよ」

「うっ、き、気をつけます」

「一応、予定では週明けの火曜日に手術の予約を入れています。それまでに腫れが引かない場合は、再検討しましょう」

「はい」

「ベッドから落ちてこれ以上骨を折らないようにしてくださいね」

美しい顔で、すらすらとひどいことを言う男だ。

――顔がよくて頭がいいからって！

だが、そう思いながらも彼に見惚《みと》れているのは何を隠そう結凪自身である。

「ひどい医者だと思いましたか？」

湊大が、言葉とは裏腹に胸が痛くなるほど優しい笑みを向けてきた。

「は、はい。ちょっと」

「まあ、怪我した直後に自分の体を気にかけるより、俺の顔に見惚れる患者さんですからね。あまり甘やかすのもどうかと思いまして」

――バレてるっっ！

すべて、彼の言うとおりだ。

けれど考えてほしい。

これほどの美形に出会えることなんて、人生で一度あるかないか。

見惚れるくらいは仕方がない。

「とりあえず、御塔坂さんはしっかり食事をして、おとなしくベッドで過ごしてください。暇だからって余計なことはしないこと。どうしても暇で困ったら、俺の顔でも思い出してくださいね？」

「おっ、思い出しません！」

「ほんとうに？」

「……ちょっとは、思い出すかもしれませんけど……」

本心を口にすると、彼は「ははっ」と軽やかに笑い声をあげて病室を出ていった。

白衣の裾《すそ》が、ひらりと揺らぐ。

美しい尾の熱帯魚を思わせる動きで、湊大が去っていく。

——もう、なんなのあの先生！

結凪は病室でひとり、夕陽のせいとは言い切れない紅潮した頬を両手で挟み込んだ。

・・・・・・・・・・・・・・・・・・・・・・・・・・・・・・

手術は予定どおり、火曜日に行われた。

全身麻酔だったので、左足の大工事についてはまったく記憶にない。

ただし、麻酔が切れてしばらくすると膝から下にひどい違和感を覚えた。

ほんの数日とはいえ、ずれた位置に慣れかけていた骨が、正しい位置に戻されたのである。

それによって体の内側であっちを押したり、こっちを引っ張ったり、さまざまなことが行われたのだろう。

――足、気持ち悪い……。

加えて、尿道カテーテルを入れっぱなしにされている。

ベッドの横に尿バッグが下がっていて、看護師が定期的に排尿量を記録していく。

――入院患者はおしっこの量すら隠せないんだ。もう絶対、厚底のサンダルなんて履かない！

サンダルに罪はない。

しかし、今回の怪我で結凪が得た教訓は、厚底サンダルは危険というものだった。

とにかくベッドの上でひたすら耐えるという謎のドM耐久レースはまだ続く。

手術の翌日、湊大が足首の傷を消毒に来てくれた。

「うん、さすが私ですね。きれいに縫えています」

「……先生、自画自賛？」

「せっかくの足首に醜《みにく》い傷が残るのは、御塔坂さんだって避《さ》けたいところでしょう？」

言うまでもなくそのとおりである。

「でも、痛くて死にそうです！」

点滴で鎮痛剤は入れているが、足を切り開いて骨の工事をしたのだ。

そう簡単に痛みは取れない。

「死にそうでも、実際にはこの傷で死ぬことはありませんよ。鎮痛剤が足りないなら、別の薬を処方しましょうか？」

「できるんですかっ？」

「ええ、私、こう見えても医者ですから」

にっこり微笑《ほほえ》んだ彼が、タブレットで何かを操作する。

そして、湊大が去ってから十分後。

「御塔坂さん、鎮痛のための座薬を持ってきましたよ」

現れた看護師が、とんでもないことを言い出したではないか。

「え、ざ、ざやくって、あの……」

――朱宮先生の笑顔って、こういう意味!?

麗《うるわ》しい笑みで、座薬の指示を出していたのかと思うと足だけではなく頭も痛みはじめる。

「はい、じゃあ、入れていきましょうね」

「えっ、あっ、や！　待って、待ってくださいっ、あ、あああ！」

悲しいことに、座薬はたいそう効果的だった。

その夜、結凪は足首の痛みに悩まされることなくぐっすりと眠った。

手術から二日が過ぎ、ついに尿道カテーテルが抜き取られたときには、あまりの嬉《うれ》しさに飛び上がってしまいそうだった。

もちろん無理だ。

今もまだ、術後の足首は自由に動かせない。

「よかったね、結凪」

手術にも付き添ってくれた和穂が、結凪と同じくらいほっとした表情でこちらを見下ろしている。

「うん、よかった。ほんと、もう二度と尿道に何かを入れられるのは遠慮したいよ」

さらには、ついにベッドから起き上がることが許可された。
術後、初めての車椅子《いす》だ。
看護師に付き添われて、病棟のトイレへ行くこともできた。
――自力でトイレができる！　わたしの体、ありがとう！
ついでに、湊大にも少し感謝する。
できればトイレ以外の部分で感謝を伝えたい。
ベッドから起き上がると、すぐにリハビリが始まった。
理学療法士がついて、体操の平行棒のような器具を使って松葉杖《まつばづえ》の練習をする。
初日はほんの三十分程度だったが、終わるとひどく疲弊《ひへい》していた。
病室に戻ると、夕飯もろくに食べずに眠りに落ちる。
凝《こ》り固まっていた体が、久々の運動でほぐれてとても気持ちいい。
やはり、人間は寝てばかりではいけないようだ。
といいつつ、寝ているわけだが。
リハビリ初日で疲れているのだ。今日のところは仕方がない。
「――……寝てるのか？」
誰かの声がする。

――寝てますよ。だからそっとしておいてください……

夢現《ゆめうつつ》に心の中で答えて、結凪は肩口のタオルケットを引き上げた。

――ん？　でも、今の声って。

眠い目をこすりながら顔を上げると、この世のものとは思えない美しい顔の医師が立っている。

「あ、せんせいだ……」

「先生ですよ。もう寝てるんですか？」

「んん……、今日はリハビリで疲れたのです……」

「それはよかった。順調に回復していますね」

「先生の顔も、相変わらず美しいですね……」

「なんだ、その文脈。会話のキャッチボールがへたすぎますよ」

寝ている人間を捕まえて、あまりの言い草だ。

「どうせなら、顔が好みだくらいは言われたいところですが」

「へんなせんせぇ……」

もしかしたら、これは夢なのではあるまいか。

湊大は、こんなことを言うタイプではない。

少なくともこれまで話してきた中で、口説くような言い回しをされた覚えはなかった。

「そうですね、顔だけなら、ほんとさいこぉ……」

「こら、それは性格が駄目《だめ》って聞こえますよ、御塔坂さん」

「事実ですから……」

もぞもぞとタオルケットに潜《もぐ》り込む。

どうせ夢なら、何を言っても構わないはずだ。

「はーん？　心配して、勤務時間外にわざわざ寄ったのに、そんなことを言われるとは思わなかったなあ」

——え？

夢とは思えない辛辣《しんらつ》な言葉に、結凪はハッと目を開ける。

気のせいではない。

まばたきをしても消えない幻は、幻ではないということなのだ。

「おはようございます、御塔坂さん」

「おっ、おはようございます……!?」

軽く目をこすって、この現実と対峙《たいじ》する。

——なんで朱宮先生が、わたしの病室に？

その答えは、すでに彼が口にしていた。

勤務時間外にわざわざ寄った。

担当患者の様子を心配して来てくれたのだとしたら、患者思いのすばらしい医師である。

「寝るのは回復に良いことです。が、あまり昼寝しすぎると夜に眠れなくなりますよ」

「はい……」

返事をしつつ、腑《ふ》に落ちない。

現在時刻は二十時過ぎ。これは昼寝なのか？

「まあ、そもそも昼寝の時間ですらないか」

「デスヨネ」

「早寝早起きは良いことです」

ならばなぜ起こした、と言いたいところをぐっとこらえる。

実際、結凪とて普段から二十時に就寝するわけではない。

「今日はリハビリ初日でちょっと疲れてしまったので」

「お、そうでしたね。リハビリがんばった。えらいえらい」

脈絡なく頭をぽんぽんと撫《な》でられて、心臓が跳ね上がった。

子どもも相手ならまだしも、結凪は二十三歳の大人の女性である。

童顔なのは否定しないが、湊大はカルテで結凪の年齢も知っているだろう。

「あの、先生、勤務が終わったなら帰って休まれたほうが――」

言いかけたところで、廊下から「いないじゃないの！」と女性の大きな声が聞こえてきた。

誰か、患者が脱走でもしたのだろうか。

湊大を見上げると、彼はどこかバツの悪い表情を浮かべている。

――んん？

首を傾げた結凪の耳に、先ほどと同じ女性の声が届く。

「ちょっと！　朱宮さんどこ行ったのよ！」

「ですので、もうお帰りになりました」

応じているのは、おそらく看護師だ。

「こっちはエレベーターの前で待ってたのよ。帰るところなんて見てないわ！」

――えええ、ストーカー？

そうだとしたら、医者というのは大変な職業だ。

顔がよくて愛想がよいと、患者から巨大な愛情を向けられる――こともあるのかもしれない。

「階段を使ったんじゃありませんか？」

「もう！　パパに言いつけてやるんだから！」

およそ病棟らしからぬ大声を出していた女性は、荒々しい靴音を鳴らして去っていく。

その足音が遠ざかってから、湊大が大きなため息をついた。

「先生の、彼女さん……ですか？」

「まさか」

ならば、やはりストーカーのたぐいか。

――でも、パパに言いつけるって言ってた。もしかして、教授の娘とかなのかな。

それとは別にピンと来るものがある。

「先生、もしかしてさっきの女性から逃げるためにわたしの病室に来ましたね？」

「…………バレた？」

いたずらっ子の表情で、彼が小さく肩をすくめた。

まあ、そんな理由でもあったほうが勤務が終わってから結凪の病室へやってきたのも納得できる。

ふたり部屋をひとりで使っているのだ。

大部屋よりは逃げ込みやすいだろう。

「ちなみに、もう少しここで隠れていたいんだけど」

お願い、と湊大が両手を顔の前で合わせた。

「いいですよ。わたしの安眠を邪魔しないでくれるのなら」

「交渉成立。じゃあ、これ賄賂《わいろ》ね」

スーツのポケットから、彼が有名ショコラティエの小箱を取り出す。

「えっ、いいんですか？」

「もらいものなんだけど、俺、甘いもの食べないんだよな」

敬語は消え、一人称は『俺』になっている。

これが彼の普段の口調なのかもしれない。

「わたしは甘いもの大好きなので、喜んでいただきます」

「御塔坂さんって、入院中に太るタイプだよね」

「なっ、失礼すぎません!?」

「前もって釘《くぎ》を刺されていれば、気をつけるからそうならないだろ？」

さも楽しそうにクックッと笑う彼は、間違いなくドSだった。

それから二十分ほど時間を潰し、湊大は病室を出ていく。

「おやすみ、御塔坂さん」

「おやすみなさい、先生」

ひとりになったあと、枕横に置いたチョコレートの小箱が妙に存在感を持って視界に入る。

――朱宮先生って、モテるんだろうなあ。

ときどき棘《とげ》のある言葉を選ぶけれど、本質的に優しい。

洗練された大人の男。

――ああいう人の彼女って、苦労しそう。

そんなことを思いながら、結凪はもう一度眠りにつく。

夜は優しく、疲れた体を癒《い》やしてくれる。

・・・・・|・・・・・・・|・・・・・・

最初は不安だった入院生活も、気づけば慣れてくるもので。

手術を終えて一週間。

結凪はベテラン患者の気分で毎日を過ごしている。

ありがたいことに、傷の治りも良いので当初の予定よりだいぶ早く退院できそうだと昨日の診察で言われた。

朝食をすっかりたいらげ、お腹いっぱいで午前中のお昼寝に没入しかけたとき、従姉の和穂が洗濯ものを持ってやってくる。

「おはよう、結凪」

「んん……、おはよ、和穂ちゃん」

湊大の預言は、わりと当たっていた。

病院の健康的な食事を三食しっかり食べて、リハビリをこなすと、あとはもう特にやることもなく寝てばかりいる。

もともとよく寝るほうだという自覚はあったが、こんなにも毎日寝て暮らすのは初めてのことだ。

結凪には寝る才能がある。

食べて寝て運動していれば、それは当然体重も増加しようというもの。

――だいじょうぶ、これは筋肉。脂肪じゃない！

「洗濯もの、ここにしまっておくよ」

「ありがとぉ……」

寝ぼけ声で返事をすると、結凪はベッドの上でごろりと寝返りを打つ。

多少リハビリしているとはいえ、たいていの時間をベッドで過ごす毎日だ。

足首は手術後に一度ひどく腫れたが、それも落ち着いてきている。

「ねえ、結凪」

「んー？」

ベッドサイドに立った和穂が、夏物のスカートの裾を気にしながらうつむきがちに何かを切り出そうとしている。

入院してからこちら、彼女は少しいつもと違っていた。

話したいことがあるのかもしれない。

結凪もそれには気づいていたが、無理に聞き出すのも違う気がして。

――やっと話してくれるのかな。

ずっと、和穂のタイミングを待っていた。

「結凪って、貯金あったっけ？」

「へ？」

拍子抜けの質問に、思わずおかしな声が出る。

「え、なんで？　どうしたの？」

堅実な和穂がお金に困っているとは考えにくい。

それとも、おかしな男に騙《だま》されたのだろうか。デート商法か。あるいは――

「あ、待って。誤解しないでね。結凪にお金を借りようとしてるわけじゃないから！」

察しのいい従姉は、結凪の表情だけで考えを読んでしまう。

だが、だとしたらなぜ貯金額なんて訊《き》いてきたのか。

「もしかして入院費のこと、心配してくれてる？　一応、保険も入ってるからだいじょうぶだよ。一時的に自腹で払ってもどうにかなる、と思う」

「そっか、そうだよね」

うなずいてはいるものの、和穂の表情は硬いままだ。

ほんとうに話したいのは、貯金のことではないのかもしれない。

「あのね、実はわたし……」

「うん」

「妊娠したの」

予想外の言葉に、頭の中が一瞬真っ白になった。

――妊娠ってことは、相手がいるんだよね？　え？　和穂ちゃん、彼氏いたの？

ぜんぜん知らなかったんだけど！

返事のない結凪に、和穂が補足説明を始める。

「今の塾の仕事、ちょっとつらいなって思ってたの。話したから覚えてるよね。塾長が変わってから、ノルマがきつくて……」

「あ、うん」

昨年末、前の塾長が病気で倒れてトップが変わったのは聞いていた。

年末年始から受験シーズンにかけて、表情の暗かった和穂だが、最近は元気になったのだと思っていたが。

――彼氏ができたから元気になったってことか！

言われてみれば、お泊まりの回数が増えた。

お互い大人のルームシェアなので、いちいちどこへ行くとか誰と会うとか、そんなことを尋ねることもない。

「それで、仕事がつらいって母に電話で愚痴《ぐち》ったら、東京にいる遠縁の息子さんとお見合いしてみたらって言われたの」

「え、お見合い？」

「お見合いって言ってもね、そんな堅苦しい感じじゃなかったのよ。ふたりでお茶して、少しお話して、気が合ったからそのあとも何度か会って……」

それはもう、恋人だ。

「今、知り合って三カ月くらい、かな。一応、始まりがお見合いだったこともあって結婚を考えるようになってきていたんだけど、結凪が怪我をした朝に検査薬で陽性反応が出たの」

「そう、だったんだ……」

もともと和穂は家庭的な女性だ。

地元を嫌って上京したのは結凪と同じだけれど、いつかは戻ることも検討していた。

「それで、相手ともよく話し合ったんだけど、彼はイラストレーターをやってるのね。仕事はデジタル環境さえ整えばどこでもできるから、一緒にわたしの地元に引っ越そうかってことになったんだ」

「今、どのくらいなの？」

「八週目」

結凪は、そっと手を伸ばす。

それに気づいた和穂が、ベッドに近づいてお腹をさわらせてくれる。

まだ手のひらには、何も感じない。

すべらかな和穂の腹部。

――だけど、ここに赤ちゃんがいるんだ。

指先から心へと、痺《しび》れるような喜びが伝わってくる。

「おめでとう、和穂ちゃん！」

結凪は心から従姉の幸せを祝福した。

「ありがとう。でも、結凪、部屋のことどうする？」

「あっ、そっか」

おめでたい話題に、すっかり忘れていた。

和穂がいなくなったら、結凪には月十万円の家賃をひとりで払う甲斐性《かいしょう》はない。

「うーん、とりあえず引っ越す、かなあ。和穂ちゃんはいつまでこっちにいるの？」

「急で申し訳ないんだけど、地元の病院に出産予約も入れないといけないからなるべく早く戻ろうと思ってるの」

「うん」

「今月末には引っ越す。あ、でもね、家賃は再来月まで払うから、そのころなら結凪も自分で新しい部屋を探せるかなって」

優しい和穂の心遣いに、甘えてしまいたくなる。

けれど、生まれてくる子どものために一円でも無駄《むだ》にしてほしくはない。

「ありがと。気持ちだけ受け取っておくよ。わたしならだいじょうぶ。怪我の回復も早いみたいで、退院も早まりそうなんだ。だから、来月と再来月の家賃は払わなくて平気」

「……ほんとうに？」

「ほんと！　だいじょうぶ！」

実際のところ、あまりだいじょうぶではない面もあるのだが、和穂と子どもの未来のために無駄遣いはしてほしくない。

「結婚式は十一月なの。結凪も来てくれる？」

「もちろん！　絶対行くよ」

大好きな従姉。

いつだって、結凪の味方でいてくれた和穂。

彼女の結婚式に出席しない理由なんてない。

――問題は、和穂ちゃんの結婚にかこつけて、うちの親がわたしの結婚に口出ししてきそうなことだけど……

両親だけなら、まだ対処の方法はある。

どちらかというと、近所に住んでいるだけの無関係な人たちから口出しされるのが面倒なのだ。

しかし、それを理由に和穂の結婚式に出席しないのでは本末転倒だ。

結婚はめでたいことで、今回はさらに新しい命まで宿っている。

おめでたさ二倍である。

「ほんとにほんとにおめでとう。和穂ちゃん、こんなときに迷惑ばかりかけてごめんね」

「ありがとう。でも、結凪は気にしないで。怪我人はまず体を治すのが第一！」

和穂が帰ると、今日はいつもより病室がしんと静かに感じた。

彼女の結婚を心から祝福している。

同時に、自分ももしかしたらいつかあの町に帰ることになるのだろうかという不安がこみ上げてくるのだ。

――わたしは、帰りたくない。

東京で自分の居場所を作りたかった。

手に職があれば、どこででも食べていけると思っていた。

だが、現実はどうだ？

正社員ですらない、アルバイト生活。

貯金だって余裕があるわけではない。

その上、怪我をしてバイトにも行けていない。

退院しても、すぐに元通りの生活に戻れるわけではなく、しばらくは療養しながら通院でリハビリを続けなくてはいけない。

ほんとうに？　と、自分に問いかける。

ないない尽くしで、ほんとうにやっていけるのか。

――だけど、ここで折れたら今までの努力は無駄になる。すぐアルバイトに復帰できなくても、今ある貯金で引っ越せる物件を探せばなんとか……

西日の入る窓から顔をそむけ、次第に秋の気配が近づいてくる中でタオルケットにくるまって目を閉じる。

なんとかなる。

むしろ、なんとかする。

いざとなれば日払いのバイトだって世の中にはいくらでもあるはずだ。

不安になったところで、今できることはない。

――だったら心穏やかに昼寝するのがいちばんだ！

三十六計逃げるに如《し》かずならぬ、眠るに如かずである。

「あれ？　ここかな。ここでいいのかな。御塔坂さん～？　もしもーし」

電話でもないのに「もしもし」と話しかけてくるのは、結凪のバイト先の店長のクセだった。

頭までかぶっていたタオルケットを払いのけ、むくりと上半身を起こす。

術後一週間も経てば、このくらいはできるようになる。

最近ではひとりで車椅子の乗り降りもしているほどだ。

「店長、お疲れさまです」

「あ、よかった。やっぱりここだった」

――病室の前に名前書いた札ありますからね。ここですよ！

そんな気持ちをぐっとこらえて、結凪は優柔不断な店長を病室に迎え入れた。

「手術したんだって？　大変だったね。お見舞いが遅くなってごめんね」

「いえいえ、わたしのせいでほかのバイトの皆さんにもご迷惑をおかけしています」

頭を下げると、店長は「いやいやいや」と手のひらをこちらに向けて振る。

「そうだ、これね。バイトの子たちから、やっぱりお見舞いはフルーツの盛り合わせだって聞いてね。よかったら食べて」

「ありがとうございます」

奮発したのが見てわかる、なかなかの大きなフルーツかご。

パイナップルに小ぶりのメロン、キウイにオレンジ、バナナが多めなのはご愛嬌だ。

「わざわざありがとうございま――」

「御塔坂さん、申し訳ない……！」

結凪の言葉にかぶせて、店長が深々と頭を下げる。

頭頂部の心許《こころもと》ない毛がエアコンの風でそよそよと揺れた。

「えっ、どうしたんですか、店長」

突然の謝罪に、こちらも動揺せずにいられない。

「以前から、本社がうちの店舗のバイト人数、足りないと言ってきていたのは知ってるよね？」

「あー、はい」

「それが、本格的に指導が入ることになった。来月の視察までに、バイトを最低でも三名増やさなきゃいけないんだ」

雲行きがあやしい。

住む部屋を失うのが確定しているのに、バイトまでなくしたら結凪としても生活が成り立たなくなってしまう。

「待ってください。わたし、傷の治りもリハビリも順調で予定より早く退院できそうなんです」

「だけど、今月中に今までと同じように仕事はできないよね」

それを言われるとぐうの音も出ない。

もうすぐ十月だ。

退院は十月初旬になる見込みで、そこから通院によるリハビリ。

今月中の職場復帰ができたとしても、今までどおりに働けるわけではない。

「いつから出勤できるかわからない御塔坂さんをスタッフとして登録しておくわけにはいかないんだ。心苦しいけれど、どうかわかってほしい」

わかります、とも。

わかりません、とも。

口は動かない。

――わかりたくないけど、どうせもう決定事項なんだ。

黙り込んだ結凪に、店長が声をひそめる。

「ほんとうに申し訳ない。いつかまた空きができたら声かけるからさ、このとおり」

空きができるまで自分が無職で暮らしていけるとは思えない。

だけど、店長だって悪気があるわけではないし、出勤できないのは自分のせいだ。

結論ありきならば、ここで嫌な態度をとるのも大人げない。

「わかりました！」

結凪は精いっぱいの根性を振り絞る。

「大丈夫ですよ、店長。わたし、こう見えてそこそこ貯金もしてるんで」

「そうか。そうだよね。御塔坂さんはしっかりしてるからね」

「はい。なので、ご心配なく。皆さんと働けないのは残念ですが、元気になったらお客としてお邪魔《じゃま》しますね！」

表情筋が引き攣《つ》る前に、店長が帰ってくれてよかった。

いつの間にか夕陽は沈み、病院に夜の帳《とばり》が下りていく。

結凪は特大のため息をついて、夕食までの短い時間をふて寝にあてることにした。

・・・・・・・・・・・・・・・・・

アルミニウム製になっても、松葉杖は松葉杖という名称のままである。結凪は遊んだことがないけれど、きっと竹馬も竹以外の素材で作られても竹馬と呼ぶのだろう。

松葉杖で院内を歩けるようになった結凪は階下のコンビニエンスストアに行った帰り、病棟の階段をじっと見つめていた。

この上には屋上がある。

実際に行ったことはないが、説明は受けていた。

——わたし、この先どうするつもりなんだろう。

来週に退院を控え、未だ松葉杖がなければ歩くこともできない。

手術によりずれた骨を正しい位置に金属で固定しているが、完治はまだ先だ。

どうするつもり、と自分に問いかけたところで答えはない。

それでも頭のどこかでわかっている。

どうしようもなくなったら、結局実家に連れ戻されるだけの話だと。

そもそも正社員ではなくただのバイト、つまりはフリーターだと知られれば、両親はきっと地元に戻って来いと言い出す。

結凪は二番目に勤めていたレストランを辞めたことすら、家族に伝えていなかった。

――だけど、帰ったら婚活しろとかお見合いしろとか、きっと言われるんだろうなあ。

和穂が見合いで結婚を決めたことを悪く言うつもりはない。

出会いがなんであれ、お互いに生涯をともにしたいと思える相手と出会えるのはステキなことだ。

――だったら、わたしだってお見合いでいい人と出会える可能性は……

ゼロだとは言えないが、あの町で暮らすことを前提とする時点で拒絶する気持ちは強い。

戻りたくない。

けれど、それしか道がなくなっていく。

――ひとり暮らしを諦めて、シェアハウスを探す？

昨晩、スマホで検索してみた。

月額五万円以下で部屋を借りようとすると、ひとり暮らしよりもシェアハウスのほうが格安だ。

知らない人と、暮らせるだろうか。

今まで和穂と住んでいたのとはわけが違う。

たいていのシェアハウスは五名以上の同居人がいる。見た中でいちばん多いところは八名だ。

その全員と仲良くする必要はない。

逆をいえば、誰とも親しくなることなく暮らしていくのかもしれない。

同じキッチンを、同じバスルームを、同じリビングを使いながら、そんな生活ができるか考えると胃痛がする。

結凪は人見知りするほうではないけれど、だからといって誰彼構わず仲良くなれるという話でもなくて。

――結局、わたしは和穂ちゃんに甘えていたんだなあ……

絶望に似たまなざしで、階段の上をじっと見つめる。

その先にある空を想像する。

「階段の上り下りは、リハビリにしては危ないんじゃないですか」

唐突に、背後から声をかけられた。

振り向くと、予想どおりの人物が立っている。

「朱宮先生」

「それとも、外に出たくなりましたか？」

「……そうですね。たまには外の空気を吸いたいです」

「ふむ」

彼は腕組みをして周囲を見回す。

あたりに看護師の姿がないのを見てとると、階段横のエレベーターの上行きボタンを押した。

「あ、あの」

「ちょっとくらいなら、外で深呼吸してもいいと思いますよ。担当医が同行するんですし」

――つまり、先生が一緒に屋上に行ってくれるってこと？

結凪がずっと階段の先を夢想するばかりだったのには、理由がある。

患者は勝手に屋上に出てはいけないのだ。

マンションや学校もそうであるように、屋上は基本的に危険が伴《ともな》う。

それが病院ならばなおのこと。

エレベーターに乗ってRボタンを押した先、開いたドアの向こうにはガラスを隔《へだ》てない空があった。

「……っ……」

空なんて、生まれてこの方二十三年も見慣れているのに。

当たり前の景色が今日はやけに胸にじんと沁《し》みる。

コンクリートの上を松葉杖で進んでいくと、はたはたとはためく洗濯ものが空のカーテンのようだった。

患者は利用禁止でも、院内スタッフは屋上で洗濯ものを干すらしい。

「ああ、外の空気だぁ……」

大きく深呼吸をすると、結凪は松葉杖から手を放した。

脇だけで支えられると思ったのだが、そうはいかずにバランスを崩しそうになる。

すると、背後から松葉杖ごと体を抱きかかえられた。

「なっ、何を……!?」

「松葉杖が倒れそうになっているからですよ。簡単に手を放してはいけません」

結凪の背中に湊大のぬくもりが感じられる。

白衣の下は、いつだってワイシャツとネクタイ。

――手術のあとは違った。

ブルーグレーの手術着に白衣を羽織っていた彼は、普段と印象が異なって見えたのを覚えている。

「鉄条網《てつじょうもう》、高いですね」

洗濯ものの向こうに、結凪の身長の二倍はゆうにありそうな鉄条網がぐるりと屋上を囲っていた。

「それはそうでしょ。簡単に乗り越えられたらやばいですから」

言っていることはそのとおりだが、何が『やばい』のか想像しやすい言葉はどうなのか。

「言い方、それでいいんですか」

「ここ、どこだと思ってるんです？　病院ですよ。病院の屋上なんて、そりゃ対策はしっかりしてるに決まっているでしょう」

病院は、病気や怪我を治すための治療をする場所。

なのに病院の屋上という言葉にまつわるイメージは、わりとネガティブなものもある。

必ずしも治る病気や怪我ばかりではないのが理由だろうか。

「実際、さっきずっと屋上に続く階段を睨《にら》んでいた御塔坂さんには、ちょっと危ないものを感じましたよ」

「えっ、そ、そうですか……？」

そこまで思い詰めていたつもりはない。

だが、たしかにそれなりの絶望はあった。

退院しても生活基盤が不安定なのだ。

未来を想像するだけで、足元が崩れていきそうな気持ちは——ないとは言えない。

「せっかくきれいに治した足です。大事にしてもらいたいと思うのも当然ですよ」

「先生、わりと傷フェチですよね」

冗談めかしたのに、彼は笑いを込めない声で「はい」と応じる。

——本気!?

思わずぐるりと首を回し、彼の表情をたしかめた。

声音はまじめだったのに、その顔は結凪をからかうような笑みを浮かべているではないか。

「っっ……! 騙《だま》しましたね?」

「そっちが言ってきたんですよ?」

「外科医で傷フェチなんて、冗談にもならないじゃないですか」

「フェチという言い方が悪いんです。丁寧《ていねい》に縫ったからには、きれいに治ってもらいたい。そう思うのは当然のことですから」

なるほど、言われてみればそのとおり。

縫われる側《がわ》だって、傷口はなるべく目立たないほうがいい。

「でも、御塔坂さんの傷はほんとうにきれいに縫えましたよ」

「それって喜んでいいところですか……？」

「ええ、ぜひ。完治したら、写真の一枚も撮らせていただきたいくらいに」

——やっぱり、ちょっと傷フェチなのでは？？？

秋空に雲が広がっていく。

灰色の雲は、雨を呼ぶ。

夕立が来そうだ。

「雨、降りそうですね」

結凪の言葉に、彼がうなずく。

「そろそろ洗濯ものを取り込む人が屋上に来るかもしれませんよ」

「ですね」

だが、彼はまだバックハグの格好で結凪を抱きしめていた。

支えてくれている。

自分たちにはそれがわかるけれど、他人が見たらどう思うだろうか。

「あ、あの」

「はい？」

「自分で立てるので、その、腕を、ですね」

ほどいてくださいと言えなくて、何度も彼の顔を仰《あお》ぎ見る。

「腕がどうしました？」

絶対にわかっているのに、わからないふりをしているのだろう。

妙に気恥ずかしい。

いや、これは恥ずかしいというよりも緊張だ。

心拍数が爆上《ばくあ》がりしている。

「う、うで、ほどいてくれないと……」

「このままでも私は困りませんよ？」

——誰かに見られたらどうするんですか!?

紅潮した頬で睨みつけると、湊大は悪魔のような美しさで微笑んだ。

「実は、ちょっと厄介《やっかい》な相手から追いかけられているもので。御塔坂さんとの関係を噂《うわさ》されれば、そちらがおとなしくなるかなという目論見《もくろみ》もあります」

「ちょ、そんな面倒なことにわたしを巻き込まないでくださいっ」

「そうですよね。階段から落ちたあなたをすぐさま助け、様子を確認し、手術までしたのは私ですが、あくまで医師という職業に従事しているまでのことで――」

ものすごく恩着せがましい。

「助けていただいたことには感謝してます！」

「では、私のことも少し助けてくださると？」

「それとこれとは話が別――っっ！」

ぜえはあしながら大きな声をあげた結凪を、彼が笑いながら自由にしてくれる。

「へたに暴れさせて、足首に悪影響があっては困りますからね。今日はこのあたりで、病室へ戻りましょうか」

――今日は？　次があるとでも思ってるんですか⁉

そんな言葉を呑《の》み込んで、結凪は唇を尖《とが》らせたまま うなずいた。


……・……・……・……


予定よりもだいぶ早く、退院の日程が決まった。

十月第一週の金曜日に朝の回診を終えたら退院手続きをする。

日曜の昼過ぎに、リハビリを終えて自販機の前のベンチに腰を下ろした。

松葉杖の使い方もうまくなり、なんなら片手に二本持って移動もできるほどだ。

何か飲み物を買おうかと、自販機のラインナップに目を向けた。

――スポーツドリンクは甘いし、かといってミネラルウォーターの気分でもないなあ。

カフェでバイトしていた時期には、毎日飲んでいたコーヒーも最近は味を忘れてしまった。

「はあ……」

飲み物を選ぼうとしただけで、職を失ったことを思い出す。思い出さなくてもいいことを、思い出してしまう。

だが、入院したままでは新しい仕事を探すことはできない。

もちろん、新しい部屋だって探せない。

――これからこれから！

顔を上げたところに、ポケットに入れていたスマホに着信がある。

母からの電話だ。出ないわけにもいかない。

「もしもし」

『結凪？　まったく、ぜんぜん連絡くれないんだから。怪我はどうなの？　もう退院した?』

「もうすぐ退院。毎日リハビリがあるから、けっこう忙しいんだよ」

『そんなこと言って。どうせ病院で寝てばかりいるんでしょ。和穂ちゃんに迷惑かけていない?』

——迷惑は、かけていると思う。

しかし、ここで問題なのは迷惑云々《うんぬん》よりも和穂の名前が出たことだ。

十一月には結婚して地元に帰る従姉。

その話から、母が言いたいことは推測するにただひとつ。

『あなたも、地元に帰ってきたらいいじゃない。こっちに戻ればお見合いだってたくさんあるのよ』

——はい、出た。

想像どおりの発言に、結凪は「ははは」と乾いた笑いを漏《も》らす。

『どうせ、おつきあいしている人もいないんでしょう?』

事実を突きつけられた。

つきあっている男のひとりもいれば、地元に戻ってお見合いという母の言葉を退《しりぞ》けることもできる。

問題は、人生二十三年、未だにひとりもつきあった男性などいないことで。

『結凪、あなたももう二十三歳なんだから。いい加減、夢ばかり見ていないで将来のことを考えなくちゃ』

——わかってる。わかってるよ。

残念ながら、今から天才シェフになることはきっとできない。

正社員にはなれるかもしれないけれど、有名店を切り盛りできる未来は見えていない。

そんな夢を見たいのではなく、結凪は地に足をつけて生きていきたいだけだ。

自分の力で、自分の足で。

——その足を折ったんだからしゃれにならないなあ。

『聞いてるの、結凪』

「聞いてるよ。それと、わたしにだってつきあってる人くらいいるから!」

売り言葉に買い言葉。

完全なる嘘をついてしまったときの、自分だけが知る恥ずかしさ。

思わずあたりを見回した。

恋人がいるかどうかなんて、病院で誰にも話していないのだから、嘘をついたってバレる心配はないのに。

ばちり、と目が合った。

今、いちばん会いたくない人がこちらを見つめて艶冶《えんや》に微笑む。

――朱宮先生!?

美しい医師は、手術を終えたばかりなのか。手術着の上に白衣を着ていた。

『えっ、そうなの？　そんな話、初めて聞いたわよ！』

無論、初めて言った。

実在しない恋人の話だなんて、そうそうする機会はない。

『結凪、嘘じゃないのよね？　ほんとうにおつきあいしている人がいるのね？』

そこまで食いつく話題だとも思えないのだが、母は明らかに電話の向こうで興奮状態である。

湊大がいなければ、多少の嘘をつきとおす気があった。

――でも、朱宮先生の前で彼氏いますって言える？　言えるの、わたし!?

別に湊大に嘘をつくのが問題だと言っているのではない。

今の時点で、彼の笑みは完全に結凪の嘘を見抜いていそうなのが怖いのだ。

「お母さん？」

近づいてきた湊大が、小さな声で尋ねてくる。

結凪は黙ってうなずいた。

「貸して」

「へ？」

「電話貸して？」

何が起きたのだろう。

耳元で聞こえる母の声と、目の前で微笑む美しい男。

正直に言って、混乱していた。

――なんで朱宮先生に電話を渡すの？　え、何か解決してくれるの？　それとも怪我の説明？？？

何も考えられないまま、スマホを耳から離す。

湊大が、声に出さず唇の動きだけで「ありがと」と伝えてきた。

「お電話代わりました。突然で申し訳ありません。私《わたくし》、結凪さんとおつきあいをさせていただいております、朱宮湊大と申します」

――は？

あまりの衝撃的展開に、呼吸さえ忘れる。

「はい。はい、そうです。結凪さんにはいつもお世話になっております。お母さまにもいずれご挨拶をさせていただきたく思っていたのですが、このようなタイミングで申し訳ありません」

——待って、この人、何言ってるの？

「私ですか？　大学病院で整形外科に、ええ、そうです。医師を。歳は今年三十一歳になりました。結凪さんとは少し離れているのですが……あ、そうですか？　お父さんとお母さんも八歳差なんですね。少し安心しました」

まったく安心できないまま、結凪は湊大からスマホを取り返そうと立ち上がる。

「十一月に結婚式があるんですね。え、私も同席していいんでしょうか？　はい。はい。ありがとうございます。では、詳しくは結凪さんからお話を聞かせていただきます。お声が聞けて嬉《うれ》しかったです。では、今後ともどうぞよろしくお願いいたします。結凪さんにお電話を戻しますね」

はい、と差し出されたスマホは、二年使い込んだ結凪のスマホでしかないというのに。

そこにはまるで現実感がなかった。

「……あ、あの、お母さん」

『結凪！　あなた、どうして今まで言わなかったの？　朱宮さん、ステキな方じゃない。お母さん、近所の皆さんに自慢しなくっちゃ。それじゃね、またゆっくりね。朱宮さんと仲良くするのよ！』

口を挟む間もなく、通話が終わる。

ベンチに座ったまま、結凪は信じられない思いで湊大を見上げた。

「なっ、な、なな、何を、何を考えているんですかっ！」

動揺しきりの結凪とは裏腹に、彼は穏《おだ》やかな微笑を向けてくる。

——先生のことがわからない！　いや、最初からずっとわかっていないけど！

「ちょうどよかったんですよ」

まったくわからない。

いったい、どこの誰がこの状況をちょうどいいと言えるのか。

「御塔坂さん、バイトをクビになって住むところもなくなるんですよね？」

「オブラートに包んでください！」

たしかにその話はした。

だが、結凪の母親に彼氏のふりをするのとどうつながっているのだ。

「東京にいたいんですよね？　仕事もなく、マンションのお金も払えるかあやしくても、地元に帰りたくないんですよね？」

「……それは、そう。でも」

「だったら、俺と結婚すればいいってことでしょ？」

双方、日本語で会話をしている。

単語の意味も文法もわかるのに、なぜここまで会話が成立しないのかわからない。

「いや、違うか。偽装結婚、実際には偽装婚約ですね」

――偽装、婚約。

その言葉に、一瞬「悪くない」と思ってしまう。

偽装結婚は戸籍にかかわるが、偽装婚約ならば事実上ただの口約束だ。

――いやいや、そういう問題じゃなくて！

「待ってください、わたしは……」

「俺のマンション、部屋なら余ってるんだよね。家事をやってくれるなら、生活費は全部俺持ちでどうです？」

「乗った！」

反射的に右手を挙げて、結凪は自分の軽率さに小さく咳払いする。

「いえ、その、えっと」

「実は、ちょっと困った相手から言い寄られてるんですよ。大きな声では言えないけど、教授の娘さん」

その言葉に、思い当たることはあった。

——前に廊下の外で先生のことを探してた人？

「なので、俺としても結婚する相手がいるというのは断りやすい。お互いにとって悪くない条件ですよね？」

「悪くない……、いや、それはそうなんですが、え、でも、え？」

そして、結凪が出した結論は——

第二章
偽りの婚前契約から始まる同棲生活

「あっ、その荷物は奥の部屋にお願いします」

十月も終わりに近づいた金曜日。

朝からの引っ越し作業も、そろそろ終わりかけてきていた。

「御塔坂《おとうざか》さん、危ないからこっち」

荷物の指示を出していた結凪《ゆな》は、ぐいと背後から肩を抱かれる。

「せ、先生」

そう、結凪の引っ越し先は湊大《そうだい》のマンションなのだ。

東京都調布市《とうきょうとちょうふし》の緑に囲まれたマンションは、敷地内に小さな公園とガゼボが設置されている。

外から見るとちょっとしたおしゃれな建物だが、中に入るとエントランスにはコンシェルジュデスクがあり、無関係の人間が建物内に侵入できないよう対策がとられていた。

エレベーターもホテルのような仕様で、カードキーを操作盤に認証しないと行き先階のボタンを押すことができない。

高層マンションではないけれど、高級マンションではある。

そんな朱宮湊大《あけみや》の自宅マンションに、結凪は本日から同居させてもらうのだ。

駅から徒歩六分という立地だけでも最高なのに、マンションの近くにはスーパー、映画館、大手家電販売店、ファッションビル、飲食店、なんでもそろっている。

3LDKの間取りはそれぞれの部屋が広く、結凪にあてがわれたのは使われていなかった客用ベッドルームだ。

——こんなステキなマンションに無料で住めるなんて、いったいどんな落とし穴が待ってるんだろう。

十六畳のリビングの奥にあるベッドルームに、結凪の荷物が運び込まれた。

高級マンションにそぐわない、ごく普通の家具たちだ。

けれど、どれも結凪が自分で働いて買った思い入れのあるもの。

ときどきネジの緩むパイプベッドと、扉つきのカラーボックス、奮発して買った北欧風のチェストと、お気に入りのハンガーラック。

テレビやパソコンはもともと持っていないので、配信動画やネットを利用するのは主にタブレットだ。

引っ越し業者がある程度の荷ほどきまでしてくれたので、あとは下着や細かいものを自分で収納するばかり。

部屋はすでに八割がた片付いていた。

「家具が少ないですね。必要なものがあれば買いに行きますか？」

そう言う湊大のリビングは、結凪の部屋より余計な家具が少ない。

彼はインテリアにあまり興味がないので、コーディネーターに設計してもらってそのまま住んでいると言っていた。

湊大らしいといえばらしい。

執着心の薄い、美しい部屋だった。

「必要なものは全部あります。むしろ、部屋が広いから家具が少なく見えるんですよ！」

「ふむ」

結凪の反論に、彼は顎に手を当てて考え込む。

たしかに、一般的な女性の部屋にくらべると結凪はものを持っていないのかもしれない。

かわいらしさのあまりない、実用的な家具。

洋服も必要最低限しか買わないし、バッグも靴もお世辞にも多く持っているとは言えそうになかった。

それもそのはずで、結凪は洋服のサブスクリプションを利用している。

一カ月に最低一回、最高で三回まで、ファッションコーディネーターが選んでくれた三日分の着回しアイテムが届く。

気に入ったら購入することもできるし、返品すれば次の三日分のアイテムが届く仕組みだ。

特に指定しなければ普段遣いの洋服が季節に合わせて選ばれ、指定を変更すると少しフォーマルな外出着も届けてくれる。

友人の結婚パーティーなど、ちょっとしたイベントに参加するときには、バッグも靴も短期レンタルすればいい。

サブスクの進化によって、動画や音楽だけではなくさまざまなものを月額制で借りられるようになった。

ものを買う時代から、買わなくても必要なときに借りる時代へ。

すべてがそれでまかなえるわけではなくとも、不要なものを家に置くことなく暮らしていける。

東京で暮らして結凪が学んだことのひとつだ。

「とりあえず、これからよろしくね、御塔坂さん」

「こちらこそよろしくお願いします！」

そういう意味では、恋人のふりをしてくれる朱宮湊大という男性も、サブスクのような存在で。

和穂の結婚式に一緒に行って、地元の知り合いの前で恋人らしく振る舞ってくれる約束になっている。

皆に期待させてしまうのは申し訳ないけれど、今のところ結凪には恋愛や結婚をする余裕がない。

ただの恋人ならば、別れることだってあるだろう。

なんとかこの場をしのぎきって、体勢を立て直す。

せっかく部屋まで貸してもらったからには、新しい仕事を見つけてお金を貯めて、自分の将来のためにできることをすべきだ。

もちろん、結凪ばかりが得をするのでは関係性は成り立たない。

湊大には、教授の娘との縁談を回避するという目的があった。

病棟にまで押しかけてくる時点で、教授も娘をきちんと管理すべきだと思わなくもないが、いかな父親といえども成人した娘に縄をつけることはできない。

なんなら出来のいい湊大と結婚させて、娘の面倒を見させたいという気持ちすらありそうだ。

「ところで、俺たちって一応結婚を前提とした恋人という設定ですよね」

「！　ま、まあ、そういうことになる、と思いますが」

「だとしたら、名字で呼ぶのはちょっと堅苦しいかな。それと、口調も」

松葉杖《まつばづえ》はつかなくてもよくなったが、足首をしっかり固定するサポーターをつけている。

リハビリは週一度、まだ続けていた。

「結凪」

「っっ……！」

耳元で名前を呼ばれ、結凪は膝から崩れ落ちそうになった。

彼の吐息が触れた左耳を手で押さえ、壁まで一気に移動する。

さながら、追い詰められた草食動物にでもなった気持ちがした。

「恋人設定なのに、この程度で逃げられるのは心外だなあ」

甘い笑みを浮かべる湊大は、確実に肉食獣だ。

「いきなりだからですよっ」

「はい、それ」

「?」

「敬語、やめようね」

――そんないきなり切り替えられるかっ!

「俺は結凪って呼ぶから、結凪も――」

そこまで言いかけて、彼が言葉を区切る。

何か意味深なまなざしで凝視され、湊大が何を探っているかわかった。

「あの、そんなに疑わなくたって先生の名前くらい覚えてますよ」

「そう? きみは覚えていないかと思ったんだけど」

「覚えてますってば。朱宮湊大、ですよね?」

フルネームで声に出したのは初めてだ。

名前を知っていることと、呼ぶことは意味が違う。

「つまり、結婚したら結凪は朱宮結凪になるってことだ」

「なっ、けっ、結婚なんてしません!」

「お母さんの前でそんな態度をとったら、偽《にせ》の恋人だってすぐにバレちゃうかもしれないけどいいのかな?」

——よくない！

結凪は壁に背をはりつけて、うう、と小さくうめく。

「ということで、まずは恋人らしい距離感を作るところから始めようか」

「こいびとらしい……」

「結凪は彼氏のこと——つまり、俺のことを、なんて呼ぶ？」

湊大が求めているのは、名前で呼ぶこと。

それは結凪にだってわかっている。

——湊大……って、いやいやいや、無理でしょ。呼べないでしょ。湊大さん？　それもなんか他人行儀だし……

「せ」

「せ？」

「先生っ！」

病院にいたときと同じ呼び方に、彼がぴくっと眉を上げる。

「待ってください！　違うんです。いきなり呼び方を変えるのに対応できないんです！」

「まあ、そういうプレイが好きな人もいるのかもしれないよな。俺にはわからないけど」

「プレイって……」

特殊嗜好《しこう》のように言われて、頬がかあっと熱くなった。

「実際、先生は先生じゃないですか！」

「そうだけど、さすがに恋人から先生と呼ばれたことはないなあ」

「〜〜っっ、わ、わたしは恋人がいたことがないんです！」

恥を忍んで秘密を暴露《ばくろ》する——というほどのことでもないけれど。

結凪の言葉に、湊大が少々驚いた顔をする。

「ほんとうに？」

「ほんとです」

「なのに、つきあってる人がいるなんてお母さんに言ったんだ？」

「う……」

「ごまかせると、本気で思ったんだ？」

「し、仕方ないじゃないですか！　そう言わないと実家に連れ戻されそうだったんですよ！　住む家はなくなるし、バイトはクビだし、一緒に住んでた従姉は結婚して地元に戻るし……！」

そう、彼が恋人のふりを名乗り出てくれなければ、結凪はもしかしたらすでに実家にいたかもしれない。

——間違いなく先生は、恩人なわけだけど……

だからといって、いきなり恋人ムーブができるほど結凪は器用ではなかった。

「じゃあ、呼び方は先生のままでいいよ」

「ありがとうございます！」

「そのかわり、敬語なしね？」

「………」

「沈黙は肯定と受け取るけどいいかな」

「よ、よくないっ」

とはいえ、しっかり敬語をはずしている自分も知っている。

これはお互いにとって必要な関係性なのだ。

湊大が結凪ほど切羽詰《せっぱつ》まっているかどうかはわからないけれど、双方に利益があるからこそこうしてふたりで暮らすことも決めた。

——だったら、わたしもできるかぎりのことをしなくちゃ。

「結凪のまじめなところ、いいと思うよ」

ぽんと頭を撫《な》で、湊大が部屋を出ていく。

ベッドの上にはシンプルなクッションが三つ。

結凪は、残りの片付けを放棄してベッドにうつぶせに倒れ込む。

――先生の恋人力、高すぎると思うんだけど！

頭を撫でられるのなんて、慣れていない。

そう思ってから気がついた。

誰かに触れられることに、結凪は慣れていないのだ。

人の体温はあたたかい。

まるで孤独《こどく》な怪物が初めて人間と触れ合ったようなことを思いながら、引っ越しで疲れた体をベッドで休める。

新しい生活は、まだ一歩目を踏み出したばかりだった。

•……|……•……|……•

――驚いた。

湊大は、夕飯の席で料理を口にして目を瞠《みは》る。

いつもなら仕事帰りにコンビニで弁当かチルド麺を買うばかりの食卓に、おかずが何皿も並んでいた。

結凪が調理師免許を持っていることも、過去にレストランで働いていたことも聞いてはいたけれど、まさかここまで料理上手だとは予想外だったのだ。

何しろ、彼女が調理していた時間はほんの四十分。

米を研いで早炊きする間に、おかずをすべて作り終えていた。

四十分で作ったとは思えないほど、並んだ料理は店で出てくるようなメニューばかりである。

鶏肉のハニーマスタード焼き、ミートソースののったポテトグラタン、ほうれん草のカルボナーラ風、ブロッコリーとアボカドとパプリカのシーザーサラダ風、アサリ入りのチヂミ、青ネギとシラスをたっぷりのせたゴマ油の香る冷奴《ひややっこ》、具沢山の豚汁にわかめごはん。

「驚いたよ」

ブロッコリーを口に入れ、咀嚼《そしゃく》して飲み込んだあと、あらためて感想を声に出す。

「何に？」

敬語禁止にあらがっていたはずの結凪だが、思ったよりも馴染《なじ》むのは早い。

これが八歳の年の差か、と思うところもあった。

「ほんとうに料理できるんだなーと思って」

「どういう意味、それ」

童顔に、黒目がちの大きな目。

結凪は基本的にかわいらしい顔立ちの女性だ。

ただし、湊大といると不機嫌な表情をしていることが多い。

——思ったよりおいしいなんて言ったら、ふくれっつらになるんだろうな。

そう思うと、言ってみたい気もする。

湊大は、女性の媚《こ》びた笑顔も上目遣いも好きではない。

本音の出た表情にこそ魅力を感じる。人間らしさが好ましい。

「いや、プロの味だなと思ったんだよ」

当たり前です、くらい言われる覚悟で答えると、予想外に彼女はぱあっと表情を明るくする。

眉が上がり、目がキラキラしていた。

口角も嬉《うれ》しそうに左右きゅっと持ち上がって、頬は幸せ色に輝いている。

「褒《ほ》めすぎ！　簡単に作れるものばかりだし、本気出したらこんなんじゃないんだから」


言いながらも、結凪は満面の笑みだ。

誰だって、自分の努力によって培った技術を褒められるのは嬉しいことだろう。

彼女の素直さは、とても愛らしい。

「少なくとも俺には作れない」

「お医者さんは料理ができなくたってお店に食べにいけるからいいんだと思う」

なるほど、一理ある。

「それはそうだけど、毎食ずっと外食していたら体に悪いからな」

「わたしが作るから、これからは安心だね」

「仕事、今度はレストランで探すんだろ？」

調理師免許を持つ彼女は、以前レストランで働いていた。

諸々《もろもろ》あって今はカフェでアルバイトをしていたが、今回の怪我が原因で解雇されたという。

「うん、やっぱり正社員になりたいなと思って」

「そうなったら、職場でも家でも料理するの、嫌じゃない？」

少なくとも湊大は嫌だ。

職場では仕事だから医者として働く。

しかし、医大に入学して以来、あまり親しくもない親戚が電話をかけてきては、病気相談に時間を奪われた。

プライベートでまで医者として生きるほどの気概《きがい》は、湊大にはない。

——あの日だって、ほんとうは知らないふりをすることもできた。

新宿《しんじゅく》駅で階段から見事に転げ落ちていく結凪に気づいたのは、ちょうど彼女が湊大の目の前を歩いていたからだ。

ついでに言うと、あれ以前から彼女のことは知っていた。

いつも同じ時間の電車に乗っていれば、連絡通路を歩く人々の中に見知った顔も増えてくる。

小柄で人の波に埋もれて大変そうだ、と彼女を見ては思っていた。

そんな彼女がある日、いつもと違う目線の高さで現れた。

ヒールのある靴を履いているのだろうと思ったが、足元まで観察できるほど人混みは甘くない。

なんとなく。

ほんとうに、なんとなく彼女のうしろを歩いた。

その足元がどうなっているのか気になって。

そして、あの惨事である。

「ふっ、思い出すとすごかったな」

食事の最中に思い出し笑いをするのは行儀が悪い。

「何がですか？　じゃなかった、何が？」

まだ敬語の抜けきらない結凪が、不思議そうにハニーマスタード焼きの鶏肉を口に運ぶ。

「階段を滑り落ちていく結凪の姿」

「はあ？」

手を、伸ばした。

彼女が階段でバランスを崩したときに、湊大はなんとか助けようとしたのだ。

ただ、その手はどこにも届かなかった。

だから叫《さけ》んだ。

『頭をかばえ！』

結果として、結凪の頭は無事だった。

落ち方が良かったというのもある。

彼女は下り階段で落ちたが、これが上り階段だったら話は違っていた。

完全に頭から落ちた場合、命にかかわる大事故だ。

――とりあえず無事でよかった。

「なんでニヤニヤしてるの？」

「きみの料理がおいしいからだよ、婚約者どの」

わざと結凪が照れそうなことを口にする。

予想どおり、彼女は一瞬で頬を真っ赤にした。

こういうところがわかりやすい。

こういうところが、雑味が少ない。

手練手管《てれんてくだ》を用いてくる相手に対してなら、いくらでも防御する気になる。

なんなら攻撃は最大の防御という手を使うときだってあるのだが。

――結凪の素直さは、見ていて楽しい。

だからこそ、彼女にちょっかいを出したのかもしれない。

「プロですから？　このくらい、なんてことないけどね？」

「プロの料理人の彼女と暮らせて嬉しいな。毎日、帰ってくるのが楽しみになるよ」

「っっ……！」

自分でふっておいて、湊大の返しに当惑する。

子どもっぽいと言えばそのとおり。

同時に、純真だとも思う。

人は成長するにしたがって賢くなる。

小さく賢いと書いて、小賢《こざか》しい。

ほしいものを「ほしい」と言うより、遠回しに買ってもらえるよう手を尽くす人間が悪いとは思わないが、「ほしい」と言える大人が好きだ。

運がいいのか悪いのか、顔も頭もそれなりにほどよく生まれてきた湊大には、昔から女性を厳しい目で見るクセがついている。

――なんにせよ、彼女と暮らすのは楽しそうだ。

その『楽しい』の意味は考えない。

食べ終えた食器をシンクに運び、湊大はシャツの袖をまくる。

「え、わたしが洗うよ」

結凪は調味料を冷蔵庫にしまいながら、慌てた様子でこちらを見た。

「おいしい食事を作ってもらったんだから、洗いものくらい俺がやってもバチは当たらないと思うんだけど？」

「それで言うと、わたしはこの部屋に住む代わりに家事を引き受けてるんだよね？」

どちらの言い分にも理がある。

ならば、答えは簡単だ。

「じゃあ、一緒に洗おうか」

「ええ……？」

困惑する結凪を軽く説き伏せ、ふたりは並んでキッチンに立つ。

「こうしていると新婚みがあるな」

「先生って、ちょっと感覚が古いよね……」

「そう？」

「そうだよ。新婚だからってふたりで食器洗う？　そこは食洗機にまかせてのんびりするのが令和でしょ」

「たしかに、そういう感覚もあるのか」

スポンジで食器を洗う手元に視線を落とし、湊大は自分の原風景《げんふうけい》を思い返す。

実家の母は、あまり家事をする人ではなかった。

父はそもそも家にいることが少なく、台所に立っていたのはお手伝いさんだ。

――令和ね。まあ、俺の家族観が歪《ゆが》んでいるのはどの時代でも間違いないな。

「食洗機、検討してもいいけど」

今まで、自宅で食器を洗うことがあまりなかった。

必要性の問題だ。

結凪に家事を頼むからには、少しでも手間を減らしたいと思う。

たとえ、この関係が一時的なものだとわかっていても、相手の負担は少ないに越したことはない。

「別になくたっていいよ。だって、わたしたちほんとうの新婚にはならな――」

「そうすると、こういう楽しみがなくなる」

泡のついた手で、結凪の頬にちょんと触れた。

「ちょっ、泡！」

「お、かわいいなあ。結凪、よく似合うよ？」

「やーめーて！」

令和らしいかどうかは別として、彼女と過ごす時間は今までの湊大の人生になかったタイプの愉快さがあった。

食器を片付け、テーブルを拭《ふ》いて。

湊大は食事のときと同じ椅子《いす》に座る。

「それじゃ、始めますか」

「えっ、始めるって何を？」

向かい側の椅子を引く結凪が、当惑気味に首を傾《かし》げた。

「もちろん、婚前契約書の作成だよ」

彼女の頭の上にクエスチョンマークがいくつも浮かぶのが見える気がする。

婚前契約書。

すなわち、結婚生活を送る上でお互いに守るべきルールを定めるものだ。

ほんとうに結婚するわけではないふたりに、必要ないと思われるのも想定内で。

他人と暮らすからには、それなりのルールがあってしかるべきという湊大の考えに基づく一方的な提案である。

「婚前契約書って、作ってどうするの？」

「うん。ふたりで暮らす上で揉《も》め事が少し減る」

「なるほどぉ……」

同意したような言葉を口にしつつも、彼女はまだ腑《ふ》に落ちていない。

「別に、違うことをしたいならそれでも構わないけど？」

「違うことって？」

「さあ、どんなことをして遊ぼうかな？」

含み笑いで結凪を見つめる。

彼女としたいことなら、いくらでも考えつく。

自分で思うより、湊大は結凪のことを気に入っているらしい。

「なっ……何する気っ⁉」

結凪が両腕で自分の体を抱きしめる。

その素振《そぶ》りがかわいくて、ついいじめたくなった。

「なんだろうね？　結凪の期待してる遊びができるといいな」

「期待なんかしてない！」

「へえ？　そのわりに、ずいぶん逃げ腰だけど？」

「先生があやしい目つきなせいでしょ！」

「じゃあ、俺にあやしい目で見られないように婚前契約書を作ろうな」

「う……」

実際に結婚するために作るのではない。

ふたりで互いの危機を乗り切るため。

「まず、恋愛に関して」

テーブルの中央にタブレットを置いて、彼女にも見えるよう草案を表示する。

湊大の作った項目は、婚前契約書というよりも同居の規定でしかなかった。

それも当然で、ふたりに必要な約束は結婚後の財産云々《うんぬん》ではないからだ。

「恋人契約をしている間は、家庭外恋愛をしないこと。もし、ほかの相手と恋愛をする場合は、この関係を清算してからする。異議は？」

事務的な口調で説明すると、彼女がきょとんとした目でこちらを見つめていた。

異議どころか、なぜそんな約定《やくじょう》を作るかわかっていない顔である。

「結凪、わかってる？」

「あんまりわかってない。だって、先生が外で恋愛するのは自由だと思う」

——たしかにわかっていない。

だが、彼女には無知の知がある。

知らないことを、知らないと理解している。

「俺はこれから、結凪のことを病院の同僚たちに結婚前提に同棲している恋人として紹介する機会があるかもしれないよね？」

「う、それは、そう、ですね」

動揺する彼女がかわいかった。とりあえず、今はそれについては横に置いておくとして。

「それなのにほかの女性とふたりで歩いているのを誰かに見られたら、俺の人間性を疑われる」

「たしかに」

「逆に、結凪がほかの男性とふたりでいるところを見られたら、俺は恋人に浮気されている男だと思われる」

「！　なるほど」

やっと腑に落ちたのか、彼女が納得した様子で大きくうなずいた。

「じゃあ、これは大事な項目だね。家庭外恋愛の禁止」

――そして、結凪はもうひとつ大きな問題に気づいていないんだけどな。

家庭外恋愛が禁止ということは、家庭内なら自由だという点。

別に意図的にそう読ませるわけではないけれど、結凪と湊大で恋愛をするのは可能なのだ。

現時点で、湊大が彼女に対して恋愛感情を持っているという意味ではない。

そもそも面倒な縁談から逃れたいのに、別の女に捕まりにいく趣味もありはせず。

「家庭内恋愛ならできるから、俺に恋してくれるのはご自由にどうぞ」

テーブルに肘《ひじ》をつき、結凪に微笑《ほほえ》みかける。

一瞬、ぽかんと口を開けた彼女が、すぐさま意味に気づいて両手で頬を覆《おお》った。

「ふ、ふざけないで。わたしたち、そういう関係じゃないからね！」

「うんうん、でも結凪だって恋愛したくなるかもしれないし、俺に恋しちゃうかもしれないよね」

「しない！　しません！」

「えー？　どうかなあ？」

「絶対しない！　……と、思う」

最後は少々弱気に、それでも彼女は否定しきった。

「次、プライベートに関してだけど――」

順番に項目を確認していき、最終的に決まったのは以下の五項目だ。

一．家庭外恋愛の禁止
二．プライベートへの過干渉をしない
三．節度ある大人の関係を築く
四．喧嘩《けんか》は翌日に持ち越さない

五．生活費は湊大が支払い、家事は結凪が行う
（※結凪が働き始めたら家事については再度検討する）

「共同生活って感じだね」

タブレットを手に、内容を確認する結凪が明るい声で同意を求めてきた。

「ま、実際そうだからな」

「先生、ルームシェアって経験あるの？」

「ない」

そういえば、彼女は先日まで従姉と同居していた。

人と暮らすことにおいては、先輩である。

「あー、なさそう」

「待て。なんでなさそうって思った？」

「わりと、天上天下唯我独尊《てんじょうてんげゆいがどくそん》な感じがするから？」

相当なことを言いながら、疑問形で返してくる彼女は物事を雰囲気《ふんいき》でつかむタイプだろう。

いちいち理詰めで考える湊大とは、思考回路が違う。

「結凪のトークに共有かけておくよ」

中二ワードはスルーして、メッセージアプリのトーク画面に共有ドキュメントのURLを送信した。

「でもこれ、わざわざ作る意味あった？」

彼女の疑問はわからないでもない。

二十三歳と三十一歳の大人ふたりが暮らしていく上で、いちいち言葉にしなくても当たり前といえば当たり前のことしか決めていないからだ。

それでも湊大は、静かにうなずく。

「意味はあるよ。俺の家に男を連れ込まれるのは遠慮したい」

「連れ込まないよ⁉」

――結凪は、きっと連れ込まないだろう。

彼女の誠実さを疑っていたら、最初から一緒に住むことなど提案していない。

「なんにせよ、これである程度のルールは決まった。この先、必要に応じて決めることもあるかもしれないけど、それはそのときに考えよう」

「うん」

「結凪がすべきは、まず体の回復だよ。生活費に困ることはないから、必要なものは遠慮なく言うこと。それと、何より無理をしすぎない。しばらくはリハビリに専念して、ゆっくり次の職場を探せばいいからね」

もっとも重要なとあることを、湊大はあえて契約書に盛り込まなかった。

契約期間。

——俺は、自分で思うより結凪のことを気に入っているのか。彼女に同情しているのか。

どちらなのかは不明だが、終わりを明確にすることはしなかった。

「先生って、イジワルなときもあるけど基本的に優しいよね。モテそう」

「失礼な言い方だなあ。俺はモテるよ。そして優しい」

「自分で言う？」

「三十を過ぎて自分のこともわからないなんて、大人として恥ずかしいだろ」

そういうものかな、と彼女は考え込む。

「あ、それと十一月の従姉の結婚式に一緒に行くんだよな。それまでには結凪の足も良くなってると思うんだけど」

「なってるはず。若いから、治りも早いって理学療法士さんにも褒《ほ》められたんだ」

——結凪の担当の理学療法士は、たしか倉田《くらた》さんだったな。

二十代後半の女性で、評判のいい理学療法士だ。

基本的に素直でまじめな結凪なら、リハビリをサボることはないと信じている。

「結凪はドレスどうする予定？　どうせなら、ふたりでそろえる？」

「えっ、そんなこと考えてなかった。でも、ちょっとかわいいかもしれない……」

手持ちの礼服はあるけれど、地方での結婚式なら会場の近くでレンタルしたほうが荷物も少なく済む。

見せ物になるのは好きではなかった。

トロフィー彼氏扱いも遠慮したい。

だけど今回だけは、結凪の自慢の彼氏を演じてみたいと思える。

「何色がいいかなあ。十一月だし、あまり肩の出るのは寒いかなあ」

早くもスマホでレンタル衣装を検索しはじめた彼女の無邪気《むじゃき》さに、湊大は相好《そうごう》を崩した。


……・……・……


3LDKの間取りは、実家と同じ。

フローリングワイパーでリビングを掃除しながら、結凪は天井を見上げる。

和穂とふたりで住んでいた古いマンションとは違い、湊大の部屋は築浅のデザイナーズ物件だ。

──いいのかなあ、こんな毎日で……

甘やかされている。その自覚はある。

そもそも、湊大なら結凪に頼まなくとも彼女のふりをしてくれる女性はいくらでもいるに違いない。

──わたしとしては助かってる。だって先生が声をかけてくれなかったら、今ごろ実家に強制送還されていたかもしれないし。

十一月に入り、東京は急に冷え込んできた。

週一回のリハビリと、食品の買い出しくらいしか外出することのない結凪でも、季節の移り変わりを感じられる。

先週、湊大は休みの日に結凪を連れ出して冬物のコートとブーツを買ってくれた。

『こんなの、買ってもらう理由がない！』

そう言って拒《こば》んだ結凪に、彼は大きなため息をひとつ。

『同じ家に住む相手が風邪をひいたら、俺にも感染《うつ》る可能性があるでしょ。だから、結凪にはちゃんと防寒対策をしてもらわなきゃいけないんだよ。これは一緒に暮らすための必要経費です』

——先生、言い方はあれだけど優しいんだよね。

家事は全部まかせると言っておきながら、彼は食後に食器を洗う。

お風呂も、使ったあとに必ず掃除をしている。

朝起きたら室内の観葉植物に水やりだってするし、時にはデリでおいしいおかずを買って帰ってきてくれる。

——こんないい生活してたら、社会復帰できなくなりそう。

それでも、結凪だってわかっているのだ。

ふたり暮らしは終わりのある関係。

和穂の結婚式にふたりで参加することと、湊大の上司の娘が縁談を諦めてくれることが最低限のミッションで、それらをクリアしたのちに自分はこのマンションを出ていかなくてはいけない。

フローリングワイパーを杖《つえ》がわりに、両手を置いてふう、と息を吐《つ》いた。

「ひとり暮らしになったら、こんな優雅に暮らせないからなあ……」

誰にも届かないつぶやきに呼応するように、ダイニングテーブルに置きっぱなしだったスマホが大音量でアラーム音を鳴らす。

慌てて駆け寄ると、リハビリの予約まであと一時間。

――いけない。準備しなきゃ。

手早くリビングの掃除を終え、結凪は着替えとメイクを済ませる。

家を出るときには、カードキーを忘れずに。

――これ、忘れるとエレベーターも使えないしね。高級マンションって、いろいろ大変だ。

足首のサポーター位置を確認してから、靴を履く。

リハビリも、そろそろ終わりが近づいてきていた。


「御塔坂さん、今日もお疲れさまでした」

病院のリハビリ施設で、担当の理学療法士である倉田香緒里《かおり》が笑顔を向けてくれる。

最初は痛みとの戦いもあったけれど、どんなときも彼女の励《はげ》ましに支えられてきた。

「ありがとうございます。最近、体重をかけても痛くなくなってきました！」

「それはよかったです。若い方はリハビリなしでも歩けるようになるんですが、将来的なことを考えるとここできちんと体を労《いたわ》っておいたほうがいいですからね」

「はい！」

「元気の良いお返事をありがとうございます」

香緒里とは、年齢は五歳と離れていないと思う。

けれど、結凪が童顔なこともあって彼女の大人っぽい雰囲気に憧れる。

前下がりのショートボブに、切れ長の目。

結凪が同じ髪型にしたら、間違いなくおかっぱだ。座敷わらしだ。

——カフェでバイトしていたときも、たまに高校生だと思われたくらいだもんなあ。

高校を卒業してから、もう五年も過ぎている。

若く見えると言われれば嬉しいのかもしれないが、幼く見えるというのは同義語ではない。

「次回は一週間後ですが、それが最後になるかもしれません」

「えっ、もう終わりですか？」

「ちゃんと終わって卒業していってください」

ひそやかな笑みをたたえる香緒里が、冗談めかして肩をすくめる。

いつまでも、同じ場所にとどまることはできない。

特に、こういう場所では。

帰り支度をしていると、スマホのメッセージアプリに通知があった。

『もうリハビリ終わった？』

トークの相手は湊大だ。

『今、帰るところ』

返信が、即座に既読になる。

『空腹で死にそう』

彼にしては珍しい弱音。

——もしかしたら、手術が続いてごはんを食べる時間がなかったのかも。

結凪は、リハビリセンターから病院へと続く渡り廊下を歩き、院内のコンビニエンスストアを覗《のぞ》いた。

昼過ぎなせいか、おにぎりやお弁当はほとんど売り切れている。

——病院を出たところにパン屋さんがあったなあ。

リハビリついでに、前から気になっていたパン屋へ向かうと、ちょうど焼き立てのバゲットが並んでいた。

パリパリの皮が、食べる前からおいしい。

今日はこれを買って帰って、夕飯はシチューかポトフにしよう。

——それはそれとして、先生に何か差し入れ……

白身魚のフライとタルタルソースのバーガー、根菜とチキンのピタサンド、おまけで焼きドーナツをひとつ。

カサカサとビニール袋を鳴らして病院へ戻る。

なんだか足取りが軽い。

リハビリの効果が出ているのだろう。

『おいしいの買ってきたよ』

『先生、病棟にいる？』

メッセージを送ると、通話がかかってきた。

「もしもし」

『結凪、今どこ？』

「わたしは病院の中庭だよ」

『すぐ行く』

こちらの返事も待たずに、ぷつりと通話が途切れる。

――言ってくれれば届けるのに。

食事すらとれないほど忙しい相手を呼び出すのは、結凪だって気が引ける。

――待てないほどお腹が減ってたのかな。

湊大は、朝食をとらない。

たいていコーヒーのみ、気が向けば果物を少し食べる程度だ。

整形外科の手術は、体力勝負だと聞いている。

――うーん、お弁当を作ってあげたらいいのかもしれない。

生活費をすべてまかなってもらっている居候《いそうろう》の身としては、彼の昼食も準備すべきか。

さすがにうっとうしいと思われるだろうか。

「結凪！」

名前を呼ばれて振り返ると、いつもより髪をボサボサにした湊大が走ってきた。

予想どおり、白衣の中は手術着だ。

きっと午前中に手術が立て込んだのだろう。

「先生、走ってこなくたって食べ物は逃げないよ」

「わざわざ買ってきてくれたんだろ？　これ、何？　パン？」

「フィッシュバーガーとピタサンドとドーナツ」

結凪の手から袋を受け取ると、湊大がベンチに腰を下ろして早速《さっそく》ピタサンドの包装を剥《は》がした。

「え、ここで食べるの？」

「食べる。いただきます」

大きな口で、ばくりとピタサンドにかぶりつく彼は、いつもの大人な朱宮先生とは少し印象が違う。

――おいしそうに食べるところは、いつもと変わらない。

彼は結凪の作る料理を、毎日きちんと食べきる。

好き嫌いがなく、なんでもおいしいと言って食べてくれる。

料理を作る側《がわ》としては、理想的な相手だ。

「うますぎ。何これ、どこのパン？」

「病院の近くの」

「交差点の先の店？」

「そうそう」

またたく間にピタサンドが彼の胃におさまった。

手の甲で唇を軽く拭《ぬぐ》い、湊大は白身魚のフライのバーガーを手に取る。

「普段はお昼どうしてるの？」

「んー、医局で出前か、病院のコンビニ」

「ふうん」

――出前があるなら、お弁当を作るのは余計なおせっかいかもしれない。

だが、彼は恋人がいることを周囲にアピールしたい状況だ。

ここは、あえてお弁当を作るべきという考えもある。

「何？　結凪も食べたい？」

齧《かじ》りかけのバーガーをこちらに向ける湊大に、結凪は「違う」と手のひらを向けた。

「うまいよ。味見しなくていいの？」

「バゲット買ったから、夜に食べるよ」

「まじか。今夜は早く帰る。絶対帰る」

決意も新たに、彼はパンを口に運んだ。

「ねえ、先生」

「ん」

――お弁当、作ろうか？

なぜだろう。そのひと言が、喉に引っかかって出てこない。

「何、どうした？」

「あ、うん」

「うんって、そっちから呼びかけたくせに」

クックッと笑う湊大が、結凪のひたいを痛くない程度に指で弾《はじ》く。

「ちょっと、デコピンしないでよ」

「叩《たた》いたら治るかなーと思って」

「おばあちゃんみたいなこと言う。昭和のテレビじゃないからね？」

空は青く、病院の建物がいい日陰を作ってくれる。

まさに小春日和《びより》。

「まさか、買ってきてくれるとは思わなかった」

最後のドーナツに手をかけて、湊大が空を仰《あお》いだ。

「え、そうなの？」

——じゃあ、どういうつもりだったのかな。

「何か一緒に食べにいこうって思ってたんだけど、結凪は優しいな」

「だ、だって、忙しいのかと思ったから！」

「うん。忙しい。だから、優しくしてもらうと沁《し》みる」

歯並びのいい彼は、焼きドーナツを大きく齧った。

「……先生に稼いでもらわないと、居候の優雅な生活に悪影響が出るからだよ！」

「ほほう、そういう考え方もある、と」

食べ終えた湊大が、軽く手を払う。

ほんとうは、忙しい湊大を煩《わずら》わせたくなかった。

――きっと、先生はそんなわたしの考えなんてお見通しなんだ。

「結凪はこのあとどうする?」

「帰りは歩こうかな。リハビリも兼ねて」

「過度のリハビリはよくないから、あまり無理しないように。途中で足が痛くなったらタクシー使うんだよ」

「先生って、けっこう過保護」

「せっかく俺が治した足を、大事にしてほしいからな」

ベンチから立ち上がった彼が、こちらに右手を差し出した。

「え」

「手、つかんで」

「ひとりで立てる!」

「いいから、恋人らしいことしないと」

そう言われると拒む理由はなくなる。

ここは彼の職場で、誰かが見ているかもしれない。

――見せつけるのも、先生にとっては意味があることだから。

そろそろと伸ばした指先を、湊大がしっかりつかむ。

細く長い外科医の指は、想像以上に力強かった。

「気をつけて。家についたらメッセージしておいて」

「仕事中なのに？」

「仕事中でも、彼女のことは頭の片隅にしっかり置いてるから安心してよ」

他愛ない、恋人同士の会話。

けれどふたりはほんとうの恋人ではなく、これはどこかで見ている誰かに向けたニセモノの愛情だ。

「わたし、こう見えてしっかりしてるんだけどな」

「残念だけど、それには同意しかねる」

「ひどい！」

「ははっ、自分でしっかり者を名乗るしっかり者なんて信用できないだろ」

太陽の光を浴びて、湊大の黒髪が少し茶味がかって見えた。

――ああ、きれい。

彼の輪郭《りんかく》も、影も、細めた目も。
胸が痛くなるほどきれいだなんて、男性に対して褒め言葉にもならないかもしれない。
「じゃあ、家で」
「うん、家で」
手を振って歩き出した結凪は、数歩進んで振り返る。
湊大はまだ同じところに立って、こちらを見送っていた。
その日の夜は、ビーフシチューと温野菜のサラダと今日買ったバゲット。
ふたりともバゲットを気に入って、また食べようという話になった。
次の約束をするたびに、少しだけ胸がチクチクする。
終わりのある関係が、結凪を感傷的にさせるのだろう。
――先生が、まるでほんとうの恋人みたいに笑うせいだ。
こんなふうに、彼は誰かを大切にする。
本物の恋人なら、もっと湊大の素顔を見ることができる。
だけど、それは結凪には望めない――

……|……|……


朝から雨が降った木曜日の午後。

結凪は夕飯の支度《したく》をしようと冷蔵庫を覗《のぞ》いて、バターが切れていることに気がついた。

雨脚は弱くなってきている。

買い物に行くなら、今だ。

――そういえば、ガーリックソルトも残り少なかった。先生、お肉はガーリックソルトで焼くの好きだしなあ。

手早くコートを着ると、傘を手に部屋を出る。

立地のいい湊大のマンションは、徒歩三分で最寄りのスーパーがあった。

買い物を終えて店を出るとき、三、四歳と思《おぼ》しき男の子が自動ドアから飛び出す。

「ナオっ！　待って！」

母親らしき女性の声が背後から聞こえてきた。

反射的に体が動く。

エコバッグを手にしたまま、結凪は開いたままの自動ドアをすり抜け、男の子をうしろから抱きしめた。

店の前は大通りで、平日の日中も自動車は途切れない。

歩道から車道まで飛び出してしまいそうな、勢いある男の子。

「危ないよ、お母さんが呼んでる」

レインコートの男の子がきょとんとして、結凪を見上げていた。

「すみません、ありがとうございます」

乳児を抱っこした母親が近づいてきて、結凪とナオくんに傘を傾《かたむ》けてくれる。

「いえいえ、元気いっぱいですね」

「はい。そうなんです……」

ちょっと困った様子で微笑む女性に、男の子がぱっと抱きついた。

「ママ、あのおねえさんだれ？」

「ナオが急にお店を出ていったから、おねえさんが捕まえてくれたんだよ。ひとりで走っていったら駄目《だめ》って言ってるでしょ？」

かわいらしい親子に別れを告げ、結凪は雨の中をマンションへ歩き出す。

――あれ？　足首、痛いかも……

気のせいと思いたい。

けれど、歩けば歩くほどジンジンと左足首に痛みがたまっていく。

もしかしたら、怪我したところをひねってしまったのか。

――サポーター、着けてなかったなあ。

そういうときに限って、やらかしてしまうのが結凪だ。

部屋に戻って確認すると、やはり足首を内側に曲げたときに痛みが走る。

体重をかけても同様だった。

買ってきたものを冷蔵庫にしまうと、結凪はソファに横向きに寝転がる。

少し休んだら、きっとよくなるはず。

雨音が耳に心地よく、濡《ぬ》れた夕方がマンションを包み込んだ。

いつしか、ぐっすりと眠り込んでいたのだろう。

「……な、結凪、こんなところで寝ていると風邪ひくよ」

「ふぇ……？」

目を開けると、肩を雨のしずくで濡らした湊大がこちらを覗き込んでいた。

――先生？　なんで？

「今、何時……？」

「二十時」

「えっ⁉」

信じたくないが、四時間も寝ていたらしい。

がばっと起き上がり、結凪はソファから立ち上がろうとした。

「痛っ……」

左足に体重をかけると、鋭《するど》い痛みに顔をしかめる。

「足首？　どうした？」

「う……、今日、ちょっと……」

湊大が結凪の体を支えて、ソファに座らせてくれた。

彼はそのままフローリングに片膝をつき、左足をそっと持ち上げる。

「腫《は》れてるな」

「……はい」

「何があったのか教えて」

今日のスーパーでの出来事と、走ったときの体勢、痛みを感じる角度などを説明すると、湊大がクローゼットから湿布を取り出してきた。

「今夜のワインは没収だね」

「えっ、ワイン？」

ワインどころか、夕食の支度すら忘れて寝ていたのだが。

きょろきょろと室内を見回して、ダイニングテーブルの上にデリのテイクアウト料理が並んでいることに気づいた。

「待って、なんで食事買ってきたの？」

――わたしが作ってないことに気づくだなんて、先生は超能力者？　それとも、部屋に隠しカメラでも……？

「そんな怪訝《けげん》な顔をされるほどのことじゃない。メッセージ送っても既読つかないから、どうせ寝てるんだろうなって思っただけだよ」

「どうせって、普段は寝てない！」

「でも、今日は寝てた」

言い返す言葉など持ち合わせるわけもなく、結凪はぐっと奥歯を噛《か》みしめる。

――家事はわたしの分担なのに。どうして寝ちゃったんだろう。

「別に、たまにサボるくらい普通だから気にしなくていい。それより、足首のほうが問題だからな？」

「はぁい……」

テーブルに置かれていたのは、トルティーヤとクロワッサンサンドとバゲット、ラザニアに魚肉のナゲットとレバーペースト、シーザーサラダに、フルーツがたっぷり飾られたフルーツバスケットだ。

「ええ、豪華ぁ……！」

思わず目を輝かせると、彼は足元に置いていたらしい紙袋からワインのボトルを取り出す。

「たまにはいいワインで乾杯と思ったけど、これはお預けだな」

「ま、待って！　先生ひとりで飲むの？」

「そうだなあ。残念だけど、結凪は今日は飲めないだろうし」

「明日にしましょ！　それなら足もよくなるから！」

「明日？　そんなに腫れてるのに、一日で治ると思ってんの？」

ぎろりと睨《にら》みつけられ、結凪はしゅんと肩を落とす。

――うう、ワイン、いいワイン、飲みたかった……

しばしの無言と、そののちに。

「いいよ。週末に飲もう。それなら結凪の足も落ち着いてるだろうから」

「えっ、ほんとう？」

「きみがその状況で、子どもを放っておける人間じゃないのもなんとなくわかるから仕方ない」

考えるよりも先に体が動いていた。

迂闊《うかつ》だったのはわかっている。

「……その言い方、なんかわたしが浅はかだって感じするけど」

「否定はしないよ」

にっこり微笑む湊大が、結凪の頭をぽんと撫《な》でた。

――先生は、いつも軽率に頭を撫でてくるなあ。こういうの、人によってはときめいたり嫌がったりするのでは？

では、結凪はどうなのかというと、自分でもよくわからない。

湊大と暮らしはじめて一カ月も過ぎていないのに、彼の大きな手に慣れてきている。

ふたりで食事をすることにも。

ふたりで休みの前日にワインを飲むことにも。

なんなら、ソファでそのまま彼に寄りかかって眠ってしまうことすらも、日常になっていく。

――きっと、先生のマンションから引っ越すときには寂しくなる。

その先に、会う約束は存在しない。

そういう契約で、湊大と結凪は一緒にいるのだから。

「結凪、あーん」

「あ、あーん……？」

急に呼びかけられ、よくしつけられた結凪は言われるままに口を開けた。

フルーツバスケットから、彼はブルーベリーをひと粒つまみ、ぽいと口の中に入れてくる。

「んっ、酸っぱい！　でもおいしい！」

「んー……、幸せ！」

「ははっ、それはよかった」

両手で頬を押さえると、彼がまだ雨の残る肩を震わせた。

「結凪はおいしいものさえ与えれば、すぐ機嫌がなおる」

「バカにしてる？　おいしいものは正義だよ？」

「知ってるよ。かわいいなと思って」

三日月のように目を細めた彼に見つめられ、心臓がどくんと大きな音を立てる。

――あ、やばい。何、これ。

知っている。

こんな感じをなんと呼ぶか、結凪だって知らないわけではない。

恋の予兆だ。

――だけど、先生はわたしを恋愛対象として見ていない。

好きになったところで、報われることのない恋。

ならば、ここで感情に歯止めをかけるほうがいいに決まっている。

好きにならない。なりたくない。

そもそも、湊大は結凪からすれば高望みすぎる相手なのだから。

――ここで踏みとどまれば、まだ戻れる。

「はい、もうひとつ」

「もういい」

「そんなこと言わないで。これはマスカットかな」

「……あーん」

みずみずしいマスカットを口に入れられると、先ほどとは異なる香りが鼻に抜けていく。

――おいしいよ。すっごくおいしい。だけど、こんなのペット扱いでしかない。

「おいしい?」

「うん」

「じゃあ、俺も味見」

そう言って、彼はマスカットをひょいと自分の口に放り込んだ。

「うん、うまい」

濡れた指先を、赤い舌が舐《な》める。

その指は、先ほど結凪に食べさせるとき、唇に触れた指だ。

――か、間接キス！

「せ、せんせい、それ、ゆび」

「指がどうした？」

「だって、だって、今、舐めた」

「？　舐めたよ」

にやりと唇を甘く歪《ゆが》ませ、彼が結凪を見下ろす。

「間接キスとでも思った？」

「ばかぁ！」

どん、と彼の胸を両手で押した。

けれど、鍛えた体の湊大は揺らぐことなく、バランスを崩したのは結凪のほうだった。

「危ない」

「っっ……！」

両腕で抱きしめられ、雨の香りがするスーツのジャケットに顔が押し当てられる。

──心臓の音、聞こえちゃう。

壊れそうなほどに、心拍数が上がっていた。

こんなに密着したら、隠しようもないだろう。

「結凪」

「……っ、な、なに？」

「緊張してるね」

──わかってるなら言わないで！

そう言いたいのに、全身が熱くて声がうまく出せない。

この人を好きになりたくない。

好きになっても、きっと同じ気持ちを与えてくれない。

──教授の娘が相手でも結婚したくないって言う先生が、わたしなんかを見てくれるとは到底思えない！

「ねえ、俺に見惚《みと》れた？」

「なっ……、ちょっとイケメンだからって自意識過剰だよ」

「俺はちょっとイケメンなんじゃなく、かなりイケメンだと思うんだけど」

「……そういうのは、先生と結婚したがってる女子に言ってね」

そっと体を離すと、湊大がやれやれとばかりに肩をすくめた。

「食事の準備する。せっかくおいしそうなデリのお料理だから、スープくらい作ろうかな」

「だーめ。今夜は結凪は、食べる係」

強引に椅子に座らせられ、両肩を大きな手で包まれる。

——う。一度意識すると、もう知らないふりができないのに。

「いい？　立って準備を手伝おうとしたら、今度はお姫さま抱っこでベッドまで運ぶよ。ワインどころか、夕飯抜き」

「っっ……わ、わかった。わかりましたっ」

夕飯を抜かれることよりも、彼にお姫さま抱っこされることのほうが、今の結凪にはきつい。

緊張しすぎて、顔が真っ赤になるのは間違いない。

それどころか、もっと好きになってしまう可能性もある。

――ならない。好きにならない。絶対、ならないんだから……

虚《むな》しい抵抗を胸に、結凪はぎゅっと目を閉じた。


……|……・……|……


――妙に、色気がある。

自室のベッドに横たわり、湊大は照明の消えた天井を見上げている。

すぐに赤面し、動揺する結凪。

彼女をからかうのは楽しい。彼女がどう思っているかは別として、湊大にとってはじゃれ合いの一環だ。

最初はそれだけだったはずなのに、今夜は気持ちが揺らぐのを感じた。

結凪を抱きしめたのが悪かったのかもしれない。

童顔で、年齢より幼く見える彼女。

メイクを落とすと未成年に間違えられてもおかしくない結凪。

抱きしめた体は華奢《きゃしゃ》で、すっぽりと湊大の腕におさまってしまった。

彼女に触れることは初めてではない。

そもそも、肌どころか結凪の骨までさわった経験がある。

――だけど、それとはぜんぜん違うな。

腕の中の結凪は、ほっそりしているのにやわらかかった。うなじが薄赤く染まり、緊張が手にとるように伝わってくる。

あのうなじに、キスしたいと思った。

誘われている。

いや、逆なのか？

湊大のほうが、勝手に結凪に欲情している可能性もあって。

――キスしたいだなんて、俺はどうかしている。

強引に結凪に恋人役を押しつけた。

彼女が困っているのを知っていたから、断らないと判断しての所業だ。自分のずるさは知っている。

だが、お互いに自由な人生を望むからこそ、一時的な恋人契約に意味がある。

――なのに、キスしたいってなんだよ。家庭内恋愛ならアリだと？

その隙を作っておいたのは、たしかに湊大だ。

目を閉じても、結凪の細いうなじが脳裏から消えない。

あのとき、くちづけていたらどうなっていただろう。

きっと彼女は、火が出るほどに顔を赤くして——

『な、何考えてるのっ!?』

——言いそうだ。

困惑する唇を、強引にキスで塞《ふさ》いでしまいたいだなんて、自分はどうかしている。

これは、恋ではない。

ただの欲望であるべきだ。

眠れずに寝返りばかりを繰り返し、夜は雨音とともに更けていく。


……………………………


十一月も半ばになると、風の冷たさが急激に冬を教えてくれる。

近年、春と秋はどこへ行ったのかと思うほどに夏から冬への移行が早い。

東京も空の色が変わり、街路樹の葉が落ちる。

例年より一週間以上も早く、イチョウの木が坊主になった日、結凪は最後の診察に病院へと出向いた。

怪我《けが》をしたのは九月の中旬だったから、もう二カ月近くが過ぎている。

最初は引き攣《つ》っていた傷口も、今は薄いピンク色になった。

待合室で呼ばれるのを待っている間に、スマホでマンガアプリの無料配信を拾って読んでいく。

実家を出てから、紙の本を買わなくなった。

無料で読めるからというのもあるけれど、置き場所の問題が大きい。

今は特に、湊大の部屋に間借りしている状態だ。

――いずれ、あのマンションから出ていくんだから荷物を増やさないほうがいい。

そう思っている結凪に、なぜか彼は冬物の洋服を買い与えたがる。

コート、ブーツに始まって、モヘアのセーター、あたたかいルームウエア、もこもこスリッパに、レッグウォーマーと湊大の買い物は止まらない。

――先生は、何を考えてるんだろう。

スマホに和穂からメッセージが届いたのと、結凪の番号が呼ばれるのはほぼ同時だった。

トークはあとで確認するとして、待合ベンチから立ち上がり、診察室へ向かう。

「御塔坂《おとうざか》さん、足の調子はどうですか？」

他人の顔で、湊大が尋ねてくる。

ここではただの医者と患者。

わかっているけれど、むずがゆさを覚えた。

「あ、はい、元気です」

あまりに元気よく言ったせいで、看護師が顔をそむけて笑いをこらえる。

「元気なのはいいことですね。痛みはありませんか?」

「はい」

ほんとうは、一度足をひねって痛い思いをしたけれど、もうそれも治っていた。

ワイシャツにネクタイ、その上に白衣を着た湊大が、タブレット用のタッチペンを右手に椅子をくるりと回す。

結凪に向き合って、彼は足元に視線を落とした。

「歩く、走る、しゃがむ、立ち上がるの動作にそれぞれ不安はありますか?」

「どれも問題ありません」

嘘《うそ》ではない。

理学療法士の香緒里が驚くほどに、結凪は回復が早かった。

「では、念のため傷口を確認しますので、靴下を脱いで診察台に横になってください」

言われたとおり、靴と靴下を脱いで壁際の診察台に仰向《あおむ》けに横たわる。

スカートだったので、足を持ち上げられるとちょっと恥ずかしい。

――パンツで来ればよかった。

ぼんやりと白い天井を見上げていると、湊大が「失礼します」と声をかけてくる。

左足首に、少しひんやりとした彼の指が触れた。

「……っ！」

その瞬間、体がびくっとこわばる。

「痛かったですか？」

結凪の変化を見逃さず、彼が静かに問いかけてくる。

「い、いえ、なんでもないです」

――先生にさわられて緊張したなんて、言えるわけない！

「足首をひねるとどうでしょう。まずは右へ」

「痛くありません」

「左はどうですか？」

「だいじょうぶです」

「はい、では起き上がって結構ですよ」

のそりと体を起こすと、すでに湊大はパソコンに向かってキーボードを叩いていた。

家にいるときは、たいていタブレットしか使わない。

――タイピングも速いんだなあ。

どうでもいいことに感心していると、看護師に「靴下、履けますか?」と確認される。

「あ、はい」

――先生に見惚れて靴下を履くの忘れてた。きっとあとでからかわれる……!

パソコンで電子カルテに何か書き込んでいる湊大の背中が、笑っているような気がして。

――それにしても、白衣着てるといつもよりかっこいいなあ。

きれいな顔の男は、いついかなるときでも美しい。

頭の悪い説明だが、実際そうなのだから仕方がない。

靴下を履いている間に、看護師が診察室から姿を消す。何かを取りに行ったのかもしれない。

「御塔坂さん」

「はい」

その間に、背を向けたままで湊大が名前を呼んでくる。

「あほ顔で俺を見つめないでくださいね」

「えっ」

「穴があいたらどうしてくれるんです？」

「あきませんよ！」

――ていうか、どうしてずっと見てるの気づいてるの!?

ほんとうは、見ていた。見つめていた。

今日が最後の診察ということなら、白衣姿の湊大を見るのもこれが見納めだ。

ちょっとくらい、目に焼きつけたっていいじゃないか。減るものでもあるまいし。

「穴があいたら、責任をとってお婿さんにもらってくださいね」

顔だけこちらに向けて、彼がちゃめっ気たっぷりに小さな声で言った。

「っっ……、か、考えておきます」

結凪を困らせるのは彼の趣味みたいなもの。

いい加減、そのくらいはわかってきているのだが、つい動揺してしまう自分が悔しい。

「それでは、経過観察は今回で終了になります。リハビリも――前回で最後だったようですね。二カ月の治療、お疲れさまでした。お大事にしてください」

最後の挨拶《あいさつ》じみた言葉をもらい、急いで靴に足を突っ込んだ。

「ありがとうございました！」

バッグを手に立ち上がったところで、靴がちゃんと履けていなかったことに気がついた。

けれど、今さらここで「あ、ちょっと靴を履いてから」なんて言いにくい。

診察室のドアに向かって歩き出すと、案の定フラットシューズが足からすっぽ抜ける。

「あっ」

「結凪！」

いつの間に背後にいたのか。

バランスを崩した結凪を、湊大が両腕で抱きとめていた。

――え、なんで？

疑問は、二重の意味を含んでいる。

なぜそこに湊大がいたのか。

なぜ診察室で名前を呼んだのか。

だが、まずは――

「すっ、すみません！　ありがとうございます」

湊大に向き直り、結凪は頭を下げる。

「いえ？　御塔坂さんならこういうこともあると思いましたから」

顔を上げると、白衣の湊大が意味ありげに微笑んでいた。

――どういう意味!?

思わず眉根を寄せ、背の高い彼を睨《にら》みつける。

助けてもらって睨みつけるだなんて、ほかの人が見たらよほど結凪は性格の悪い女に思われるだろう。

とりあえず、靴を履く。

今度はしっかり踵《かかと》まで足を入れた。

「また病院に舞い戻らないよう気をつけてくださいね」

「っっ、はい、お世話になりました！」

――わたしだって、好きで病院のお世話になっていたわけじゃないんだから！

そんな気持ちで、がらりと勢いよくスライドドアを開けた。

「婚約者さんと仲良く」

背中に届いた声に、反射的に振り返る。

閉まりゆくドアの隙間から、湊大がひらひらと手を振るのが見えた。

――婚約者って……先生のこと!?

婚前契約書を交わした相手は、彼しかいない。

今さらながら、頬がじわりと熱くなる。

――こんなふうになるのは、先生のせいだよ。

お医者様でも草津《くさつ》の湯でも治せない病の名前を、結凪は知っている。


……………|…………|……………


最後の診察を終えて彼女が出ていったあと、湊大はプライベートのスマホを取り出してメッセージを送った。

『昼、一緒に食べよう』

『どこかで時間潰しておいてくれる?』

すぐに既読がつき、結凪からの返事は、

『婚約者なので特別ね』

という、先ほどの会話を揶揄《やゆ》するものだ。

――こういうところがかわいい。

彼女は、湊大を特別扱いしない。

出会い方が違ったら、今の関係にはなれなかったかもしれないと思う。

結凪がほかの人と違うとしたら、湊大のほうが彼女を区別しているのか。

考えてみたけれど、結局理由なんてどうでもいいのだ。

今、この瞬間。

結凪のことを、かわいいと思う。

ほかの女性とは違う、特別な相手だと感じる。

——もう、病院で会うのも最後か。

家でいくらでも会えるのだから、別段病院で会う必要もないのだが、先生と患者ごっこをしているのも楽しかった。

いや、実際に医師と患者だ。模倣《もほう》遊びではないわけで。

「さて、久々に食堂でも行くとするか」

ひとりごちた湊大に、看護師が不思議そうな顔をする。

「お昼ごはんですか？」

「ああ、そうです」

「朱宮先生、今日は出前じゃないんですね」

今だ、と思った。

湊大は看護師に満面の笑みを向けた。

「婚約者が病院に来ているので、昼を一緒に食べようと約束しているんです」

――これで、今日明日のうちに医局には俺が婚約しているという話が広まるはず。

計画は、計画どおりに。

計算外の感情は、どちらに転ぶかわからない。

それも含めておもしろい、と湊大はひそかに頬を緩めた。


「……どうして、食堂？」

今日のA定食なるトレイを手に、結凪は婚約者を睨む。

ちなみにA定食は温かいうどんか蕎麦《そば》と、もち麦入りごはんの親子丼だ。

「どうしてって、ここの食堂はうまいんだぞ」

絶対にほかに意図があるくせに、湊大は平然とそんなことを言う。

――まあ、見るからにおいしそうだけど！

通院患者や来院者向けの食堂ではなく、連れてこられたのは病院スタッフ専用の食堂だ。

クラシックのピアノ曲が流れる空間は、広々として天井が高い。

「先生、わたしを連れて歩いているところを人に見せたいんだ」

「そりゃそうだ」

まったく悪びれることのない彼の手には、ハンバーグ定食のトレイ。

ふたりは窓際の四人席にトレイを置くと、黙って椅子に座った。

あらためて真正面から湊大を見る。

——さっきから視線を感じるのは、この人と一緒にいるからだ。

整った顔立ちに、きれいな手。

長い指で箸を正しく持ち、彼は器用にハンバーグをひと口大に切り分ける。

女性スタッフたちが、ちらちらと湊大に視線を向けるのが結凪にも感じられた。

湊大自身も感じないはずはない。

「こんなに見られていて、よく平然と食べられるよね……」

「慣れだよ。俺は昔から珍獣みたいなものだからね」

珍獣というより幻獣の気はする。

これほど美しい男性は、芸能人でもそうそう見ない。

「先生って、子どものころからきれいな顔してたの？」

「結凪は、子どものころからうっかりしてたの？」

「……はいはい、そうですよ」

スプーンを思い切り親子丼に突き立てて、大盛りのひと口を頬張った。

――ん！　おいしい！

卵がとろとろで、黄身の味が濃い。

鶏肉も滋味《じみ》があって甘くほどける。

「先生、おいしい！」

「だろ？」

細身だがよく食べる湊大は、大盛りの白米を美しい所作で口に運ぶ。

――そういえば、先生はお箸もフォークとナイフもきれいに使う。子どものころに、しっかり教えてくれる人がいたんだろうな。

考えてみれば、結凪は自分の家のことを彼に話したけれど湊大の家庭環境について何も知らない。

きょうだいはいるのか。親も医者なのか。なぜ教授の娘と結婚したくないのか。

「朱宮先生、どうも」

食べ終えたトレイを手にした白衣の男性が湊大に声をかけてくる。

「篠田《しのだ》先生、お疲れさまです」

「彼女？　噂《うわさ》の婚約者って」

ちらりと視線を向けられて、思わず真顔になった。

噂のという前置きから察するに、湊大は院内で婚約者がいることを匂《にお》わせているのだろう。

――え、ここはどういう顔をすべき？　大人の女らしく？　無邪気《むじゃき》キャラ？

混乱に、結果として真顔のままで結凪は小さく頭を下げた。

「そうです。一緒に暮らしている人です」

爽《さわ》やかな笑顔で答える彼は、稀代の嘘つきか。詐欺師か。

絶妙に真実をぎりぎりかすめているのが才能なのだ。

――先生が詐欺師なら、わたしは確実に壷を買う。

とりあえず、彼が詐欺師でなかったことに感謝しよう。

「御塔坂と申します」

本来、できる女ならばここで「いつも朱宮がお世話になっております」くらい言うべきだ。

頭ではわかっている。

――だけどわたしは、できる女じゃない！　というか、そもそも先生の婚約者じゃない!!

「かわいい彼女さんじゃないですか。院内でも落ち込んでるスタッフたくさんいますよ。結婚式には呼んでくださいね」

なんとも一方的に言いたいことだけ言って、篠田が離れていく。

「かわいい彼女さんだってさ」

「お世辞くらい、わたしだって言われたことあるから」

結凪だって大人だ。

社交辞令を真に受けるほど純真ではなくなってしまった。

「そう？　俺は最高にかわいい彼女だと思ってるんだけど」

彼の軽口に赤面する自分が嫌だ。

どうせ、結凪は童顔で年齢より幼く見える。

湊大と並ぶなら、もっと長身でスタイルの良い美女のほうがふさわしい。

そのくらい、わかっているのに。

「結凪、うどん伸びるよ」

「……先生、壷、売る？」

「文脈が見えないんだけど」

「先生が詐欺師だったら、きっとわたしは壷を買う」

「ああ、そういうことか」

彼は少し考える素振《そぶ》りで、箸を手にじっと結凪を見つめてくる。

――きっと、買ってしまう。わたしじゃなくたって、先生にならわかっていても騙されたくなる。

「売らないけど、買いたい？」

「買いたくない」

テーブルに置かれていた七味唐辛子をたっぷり振って、うどんをすする。

辛《から》い。おいしい。辛い。

――壷を買ったら恋人になれるシステムがあるなら、間違いなく買うよ！

恋なんて、どこにでも転がっている。

気がついたら、落ちているくらいに。

――朱宮湊大を相手に、恋しないでいられる人類がいるのかどうか。わたしは、負けた。完全敗北だ。

この敗北の意味を結凪は知っている。

そもそもが、勝負ですらなかった。彼は結凪の感情の変化を勝利だとは思わないだろう。

うどんの碗から顔を上げる。視線の先には、湊大がいる。

ゆっくりと口を開き、彼に呼びかける。

「先生」

「ん」

「かっこいい彼氏役、がんばってね」

「もちろん」

やわらかな笑顔が、愛しかった。

同時に、少しだけ憎らしかった。

かっこいい彼氏を演じることなんて、湊大にとっては朝飯前なのだ。

がんばらなくても、彼なら余裕なのがわかる。

悔しいのか、恥ずかしいのか、嬉《うれ》しいのか、悲しいのか。

あるいはそのどれもが同時に発生するから恋なのか。

なぜ、好きになったのかなんて説明ができない。

そばにいて、彼を知るほどに、心が惹《ひ》かれていった。

——ただ、好きになった。好きになってしまった。

それだけのこと。

自覚したばかりの感情を胸に、結凪は残りのうどんをすすり上げる。

何はさておき、結凪は湊大に恋をしてしまった。

今、わかっているのは。

——わたしは、先生に恋をしているってこと。どうしようもなく、先生に惹かれているんだ。

第三章
この恋は塩キャラメル（甘くてしょっぱい！）

「先生、わたし、職探しする！」

突然の宣言に聞こえたかもしれないが、それは前々から決めていたことだ。

何しろ、結凪《ゆな》の貯金は目減りする一方である。

働かざる者食うべからずというのは、現代日本において完全なる正しさではない。

それでも、好きなことをしたいなら稼がなくてはいけないのだ。

「通院もリハビリも終わったから、次は職探しってこと？」

「そう。先生のおかげで、住むところには困らない。洋服もたくさん買ってもらった。あとは、仕事！」

元来、結凪は前向きな性格だと自覚している。

落ち込むことはあるけれど、立ち直りが早い。

過去に二度、望まないかたちで仕事を失っているものの、今もまだレストランでシェフとして働くことを夢見ている。

ただの夢ではなく、調理師免許を持って正社員になろうとしているのだ。

朝食の席で宣言した結凪に、湊大《そうだい》はフォーク片手に首を傾《かし》げる。

「結婚式が終わってからにしたほうがよくない？」

疑問形で言っておいて、彼はふぁあ、とあくびをひとつ。

間抜けに大口を開けた姿すら美しいだなんて反則だ、と結凪は思う。

「けっ……こんしきは、和穂《かずほ》ちゃんの、だよね？」

思わず口ごもったのは、脳内に湊大と自分の結婚式が浮かんだせいだった。

そんなことはありえない。

ふたりの関係は、ニセモノだ。

「うん。顔真っ赤にして、何考えてるかわかりやすいところが結凪はかわいいよ」

「そんな話じゃなくて！」

「何？ 俺との結婚式を想像したんじゃないの？」

「うぅ……」

「ああ、初夜のほう？」

「違ーう！ 朝から何言ってるの、何言っちゃってるの！」

朝っぱらから大声を出しているのは結凪のほうなのだが。

——先生とわたしの結婚式？ そんなの現実にはありえない。わかってる。なのに想像してしまう。先生なら、タキシードも紋付き袴《ばかま》も似合うに決まってる。

「結凪の想像の俺は、何を着てるのかな」

カリカリに焼いたシュガートーストを齧《かじ》る彼は、見た目に反してけっこうな甘党だ。

「……何を着てもどうせ似合うでしょ」

「結凪が俺に何を着せたいのか、知りたいんだよ」

「それは和穂ちゃんの結婚式の話だよね？」

「さあ、どうかな？」

煙《けむ》に巻くのがうまい男は、まだわずかに湯気の立つコーヒーをひと口飲む。

唇に、細かなパンくず。

それすらも魅力的だなんて、結凪の頭はどうかしている。

実際、かなりどうかしているし、どうにかしてほしい。

月末の和穂の結婚式まで、こんな気持ちを抱えたまま、彼と暮らすのは精神衛生上よくないのだ。

――和穂ちゃんの結婚式を終えたからって、関係性に変化があるわけじゃないんだけど……

とはいえ、お互いのミッションは達成する。

湊大は、院内で婚約者の存在を匂《にお》わせて。

結凪は、実家に恋人がいると思わせて。

互いに自由を手に入れるという意味では、最低限こなすべきことが月末には終わる。

――そのあとは、仕事を決めて引っ越し資金を貯めて、ここから出ていく。

そのことを考えると、胸の奥がきゅうっと締めつけられる。

遠くない未来、この穏やかな生活は失われる。最初からそういう約束だ。

彼にバレないよう、小さくため息をつく。

「ところで、結凪さ」

「うん」

「従姉の結婚式って、平日だよな」

「十一月三十日、平日だよ。先生、もしかして休みが取れなかったとか？」

前日に移動し、湊大はホテルに宿泊する。

結凪は実家に泊まって、結婚式と披露宴に出席して、その日の夜に東京へ戻る予定でいた。

――まさか、今になってやっぱり行けないとか……!?

「俺は有休とってる。だけど、今から仕事始めたら、月末の平日に休めるのかなと思って」

「！　た、たしかに……」

早く仕事をして、引っ越しをしなければ。それればかり考えていたせいで、月末の結婚式の日程で休めるかどうかは頭になかった。

「結凪って、わりと、いや、なんでもない」

「なっ、なんで言いかけて止めるの？　気になるんですけど！」

「あー、まあ、そうだな。気にするな」

「気になる！」——

「猪突猛進《ちょとつもうしん》だなと思って」

こらえきれないとばかりに、拳《こぶし》を口元に当てて湊大が笑っている。

「……ソウデスカ。わたしはイノシシですか」

「拗《す》ねるなよ。かわいいだろ、ウリ坊」

——朝からがんばってあんなもの作るんじゃなかった！

キッチンに目をやり、結凪は唇を尖《とが》らせた。

一度、好きだと自覚してしまったら、感情はなかったことにできない。

気づかないふりをするのも限界があるし、そもそも自分に嘘《うそ》を上手につけるほど結凪は器用ではなかった。

「結凪、そろそろ行ってくるよ」

スーツ姿の湊大が、リビングのラックを掃除していた結凪に声をかけてくる。

「あ、先生、待って」

ほんとうは、渡すべきか迷っていた。

だけど、作ったからには渡さないのも意識しすぎに思えて。

彼の買ってくれた、もこもこスリッパを履いた結凪は、玄関へと駆けていく。

左足首は、もう痛まない。

「ん？　どうした？」

保冷バッグを差し出すと、彼が二度三度とまばたきをする。

まるで、信じられないものでも見るような素振《そぶ》りだ。

「……お弁当、作ったので。よかったらどうぞ」

「仏頂面《ぶっちょうづら》のシェフが作ったんだ？」

「どんな顔で作っても、味は変わらないからね？」

「婚約者の作ってくれたお弁当なら、それだけでおいしいよ」

受け取った保冷バッグをぽんと片手で撫《な》でると、彼が玄関を出ていく。

ドアが開き、その先から朝の陽射《ひざ》しがふたりを照らす。

今日も一日が始まる。

今日も報われない恋が続く。

「医局で自慢してくる。いってきます」

「っっ……、いってらっしゃい！」

ばたんと音を立ててドアが閉まるのと同時に、結凪はその場にへなへなとしゃがみ込んだ。

――どうしよう。どうしようもなく、あの人が好きだ。

きれいに治った手術痕が、じんと熱を持つ。

彼の縫ってくれた足首の傷さえ、愛しいほどに。

・・・・・――・・・・・・――・・・・・・

こんなに昼が来るのが楽しみな日が、今までの人生であっただろうか。

湊大は、朝からずっとそわそわしながら仕事をこなし、昼前に緊急のオペが入ってがっくりと肩を落とした。

無事に弁当箱を開けたときには、感動で息を呑《の》むほどだった。

丸い曲げわっぱの中に、薄焼き卵で巻いたチキンライスが三つ。少々太めの海苔巻きのような形状で並んでいる。

断面には細くケチャップがまぶされ、その上にもみじ型に切り抜いたチーズが散っていた。

ベビーリーフとポテトサラダ、さやを半分に割って豆をきれいに見せるスナップエンドウ、ころんと丸いミートボールと、ピックを刺したオリーブの実。

食べ物を写真に撮る文化とは無縁に生きてきた湊大だが、これは撮影せずにいられない。

医局のデスクの上でスマホを取り出し、角度を変えて何枚も写真を撮った。

さらには、メッセージアプリで結凪に写真を送りつける。

『ありがとう。今から食べる』

既読がつかないのは、彼女が家事に没頭しているか昼寝をしているかのどちらかだろう。

一時間以内に既読がつくときは家事。

一時間以上過ぎても未読の場合は昼寝。

最近では、そのあたりの見分けもつくようになってきた。

――それにしても、朝からこんなに豪華な弁当を作ったのか。

あらためて、彼女が調理師として生きていこうとしているのを感じる。

湊大の母親は、家事を好まない人だった。

特に料理に関してはほとんどやる気がなく、幼いころからお手伝いさんが作った弁当を持たされていた。

家庭料理のプロ。

彩り豊かで栄養のある食事を摂取して育ってきたし、食べ物の味がわからないとも思わない。

――だけど、結凪は俺のためだけに作ってくれた。オムライスが好きだと言ったのを、覚えていてくれたんだな。

食は愛情だ。

初めてそんなふうに思う。

『巻きオムライス、召し上がれ』

『感想聞かせてね』

トークに返信が来て、湊大は微笑《ほほえ》んでいた。

煙に巻くためでもなく、相手を自分の思うままに動かすためでもなく、自然とあふれる笑みだ。

以前の自分に、そんな笑顔があっただろうか。

結凪はすごい。

——誰かの感情を動かせるのは、小手先じゃなく本気でぶつかっているから、か。

ときに猪突猛進にも思える彼女だが、そこに感情がある。人間性がある。

少なくとも、湊大に心からそうだと思わせる何かが、結凪にはあった。

「いただきます」

箸で巻きオムライスなるものを口に運ぶと、薄焼き卵はふわりと甘く、チキンライスは大人向けにパプリカと白ワインが効いている。

あの日。

階段から落ちる彼女を、つかめなかった。

細い腕を、やわらかな髪を。

手を伸ばしておきながら、つかむことを躊躇《ちゅうちょ》した。実際、届かなかったのもある。

——出会えてよかったなんて、言ったところできっと結凪は信じないんだろうけど。

彼女の料理を食べて暮らす日々は、湊大の体を作り変えていく。

心まで、沁《し》み込んで。

・・・・・・―・・・・・・―・・・・・・

「出張……」

夕食の席で、結凪はフォークに差したニンジンのグラッセをそのままに、湊大を凝視する。

医者というのは、病院で診察や治療、手術をするだけではないのか。

――出張診療？

かすかに首を傾《かし》げる結凪を見て、彼が笑う。

「学会だよ。お土産買ってくる。結凪、もしかして寂しい？」

「一泊の出張でしょ？　気をつけて行ってきてね。わたしはその間、ひとりでのんびりしよーっと」

ぱくりとグラッセを口に入れ、咀嚼《そしゃく》しながら考える。

そういえば、彼と暮らしてからひとりで過ごす夜はなかった。

結凪の想像する医師は、夜勤があったり、緊急の手術があったりして、なかなか家にも帰れない職業だった。

実際に湊大と暮らしていて、帰りの遅い日はある。

だが、帰ってこない夜はなかったのだ。

「それとも、結凪も一緒に行く？」

「な、なんで先生の出張にわたしが一緒に行くの」

「俺が寂しいから」

ローストビーフを食べる彼が、優しい目で結凪を見つめていた。

そんな目をされると、まるでほんとうに自分が彼の婚約者にでもなった気持ちがする。

――違う違う、わたしはただのニセモノ。先生は、恋人じゃない。

「オムライス作っておうちで待ってる」

なのに、恋人みたいなことを言ってしまう。

結凪もたいがい、ふたりの生活に流されていた。

「へえ、かわいいこと言うね」

「はいはい。先生に言わせると、どうせ何しても何言っても『かわいい』なんでしょ」

「うん、そうだよ」

テーブルに両肘をついて、彼が顔の前で手を組む。

一拍分の沈黙と、甘い微笑。

「結凪は何していてもかわいいからな」

「っっ……、かわいいって言えば女性は喜ぶと思ってる？　修行が足りない！」

「はは、厳しいなあ」

——厳しいのは、こっちのメンタルだよ！

結凪には、過去につきあった男性はいない。

けれど、片思いの経験なら二回ある。恋愛感情を知らないわけではないのだ。

今まで誰かを好きになるのと、相手の美醜《びしゅう》なんて関係ないと思っていた。

それどころか、見た目で好きになるなんて本気の恋なのかと疑う気持ちすら持っていた。

——だけど、先生くらいかっこいいとそういうの全部吹き飛ばしちゃうんだってわかった。

問題は、顔が整っているだけではなく、湊大が人間的に好ましいことなのだろう。

あまりに美しい存在を前にすると、人は冷静さを失う。

そして湊大に惹《ひ》かれている自分を知ったとき、彼の美貌に目がくらんだのではないかと不安になる。

だが、最終的に気づくのは彼が優しいこと。

勤勉でユーモアがあって、ときどきイジワルなこと。

なのに、美しさばかりが先行してしまい、彼の本質に目を向ける人が少ないのではないかと想像してしまうことだ。

誰だって、好きになる。こんなに魅力的な湊大を。

——自分だけが知っている気になるのは、思い上がりなんだよね。

「結凪?」

「え、あ、うん」

目の前に、彼はいる。

いつか失うことを想像して寂しくなるのは、今を無駄《むだ》にする行動だ。

「オムライス、お弁当に入ってたのもおいしかったよ。あれは食べやすいデザインだね」

「巻きオムライスだと、おにぎりっぽくていいよね」

「海苔巻きっぽくもある」

「そう。行楽弁当みたいなの、好きなんだ」

「来年、花見に――」

言いかけた彼が、曖昧な笑顔で言葉の続きを濁《にご》す。

ふたりには来年の約束が存在しない。

そもそも、こうして過ごす日々がいつまで続くかわからないのだから。

「さて、食器片付けるね」

ほんの少しの気まずさに気づかないふりをして、結凪は食べ終えた食器を持って立ち上がる。

「俺が洗うよ」

「今日は遅かったんだから、先生はさっさとお風呂！　明日寝坊しても知らないよ？」

「それじゃ、お言葉に甘えて」

「はーい、お風呂いってらっしゃい」

おいしく食べたあとは、食器を洗って気持ちを切り替える。

家事は嫌いじゃなかった。

やるべきことが、明確だ。

何をどうすればいいのか、考えなくていい。

しいと思う。

手癖《てくせ》で作る料理も同じだけれど、やはり料理は食べる相手を想像して作るほうが楽しいと思う。

――こんないいマンションで、広いキッチンを使わせてもらって、生活費まで出してもらってる。今のわたしは、きっと夢の中にいるんだ。それとも、竜宮城《りゅうぐうじょう》かな。

楽しい日々に溺《おぼ》れていると、もとの世界では時間が過ぎている。

もしも自分が浦島太郎《うらしまたろう》だったら、玉手箱を開けるだろうか。

戻れない日常と、戻れない夢の日々。

どちらを嘆いて、時間を進めるのか――

バスルームから給湯温度の変更をする音が聞こえてきて、結凪は小さく息を吐《は》いた。

現実には、玉手箱なんてないし、竜宮城は行き方を知らない。

――目の前の幸せに感謝すべきってこと、だなあ。

和穂の結婚式は、もう来週に迫っていた。

・・・・・|・・・・・・・・・|・・・・・・

結凪はほとんどテレビを見ない。

実家の両親は、新聞を読まずニュースを見ない娘を嘆《なげ》いていた時期もあった。

上京して、テレビのない生活に安堵した。

年の近い和穂も、結凪と同じくテレビを見る習慣がなかったので、ふたりの暮らす部屋にはそもそもテレビがなかったのだ。

湊大と暮らすにあたり、ひそかに気にしていたのは彼がテレビを見る人かどうかだった。

マンションのリビングには、テレビがある。

立派な４Ｋの大画面。

しかし、湊大はそのテレビで地上波の番組を見ることがなかった。

ラックに並ぶ洋画のＤＶＤを再生するか、配信のサブスクで映画を流すか。たいていはそのどちらかだ。

あらためて気づいたのは、結凪が苦手なのはテレビではないということ。

目的なしにテレビをとにかくつけっぱなしにするのが苦手だった。

だから、湊大と一緒にソファに座って映画を観るのは楽しい。

彼の好きな映画を知るのも、話題作を視聴したあとに感想を言い合うのも、初めての楽しみで。

ひとりの夜。

湯上がりのリビングに、自分しかいないことを寂しく思う。

――先生のマンションなのに、先生がいない。

リビングのカーテンをそっと開けて、夜空を盗むように覗《のぞ》き見る。

今ごろ、湊大は何をしているだろうか。

学会に集まった偉い先生たちとお酒を飲みながら、盛り上がっているかもしれない。

「よし、ひとりでだらだらしよう！　先生がいるとできないことするぞ」

ソファに転がって、ポテトチップスを食べながらスマホでマンガアプリを堪能するくらいしか思いつかないが、それもまたよし。

そろそろ夜は冷える。

ブランケットをかけ、ソファにうつぶせになるとすでに眠気が押し寄せてきた。

ひとりを堪能するのすら、へたくそだ。

「うー……」

うめき声をあげてもひとり。ごろりと転がってソファから落ちても、ひとり。

手にしたスマホは、アプリを立ち上げることもなく暗い画面に天井の照明を映し出している。

不意に、指先から振動が伝わってきた。

メッセージアプリの通知に、結凪はがばっと顔を上げる。

『札幌《さっぽろ》寒い』

『東京《とうきょう》も今夜は冷えるらしい』

『腹出して寝るなよ』

三連続の短文に、知らず頬が緩んだ。

離れていても、いつもと同じだと感じられる。

『先生こそ、ホテルのエアコンで乾燥して喉やられないようにね』

『お土産楽しみにしてる！』

半分ほんとうで、半分嘘《うそ》。

お土産よりも、湊大が帰ってくるのを楽しみに待っている。

『俺とお土産、どっちが大事？』

「えっ……！」

心を読んだような質問に、思わずスマホの上で指が止まった。

「そんなの、答えにくい」

だけど、寂しい夜には素直になってもいいのではないか。

もしかしたら湊大だって、結凪がいないホテルで少しは孤独《こどく》を感じているかもしれない。そうだったらいいなと思う自分がここにいる。

『どっちも大事』

そう入力してから、全部消して。

『先生』

端的な二文字を送ると、恥ずかしさにソファの上でもだもだする。

『いい返事』

クッションを抱きしめて、結凪はひとり、唇を尖《とが》らせてトーク画面を睨《にら》みつけた。

——好きなのは、わたしだけ。

それでも、つながっている。

『おやすみ、結凪』

『俺がいないからって遅くまで遊んでるなよ』

会話の終わりに、ふうと息を吐いた。

「おやすみなさい、先生。好きだよ」

聞こえないのがわかっているから、声に出す。

声に出して、自分の気持ちを実感した。

毎日どんどん好きになる。

好きが積もって、冬が来るより先に結凪を白く覆《おお》い尽くす。

――早く、帰ってきて。

そのまま、ソファで眠ってしまったのは湊大には内緒だ。

・・・・・――・・・・・・――・・・・・

シンプルなマグカップがダイニングテーブルの上にふたつ並んでいる。

コーヒーを八分目まで入れ、その上に円形の薄いワッフルを蓋《ふた》のように置いて。

「ストロープワッフル、初めて」

お土産のストロープワッフルを、結凪は嬉《うれ》しそうにじっと眺《なが》めていた。

出張先の札幌とはなんら関係ないけれど、ちょうどどこかの物産展をやっていてストロープワッフルが売られていたのだ。

格子状のワッフル模様が入った薄い生地の焼き菓子で、間にシロップを入れて焼き上げる。

もとはオランダの菓子らしく、ホットコーヒーのカップにのせてシロップが熱で溶けるのを待つアムステルダム式という食べ方が人気のようだ。

――買ってきてよかったな。

一分間の待ち時間、目をキラキラさせてワッフルをのせたマグカップを見つめる結凪がどうしようもなくかわいらしい。

彼女の喜ぶ顔が見たくて、お土産を選んだ。

学会で地方に行くと、医局に適当な菓子を買って帰ることはある。

たいてい、地元の有名なものを買えばいい。考える必要性すらなく購入する。

だが、今回は違った。

結凪が待っていると思うと、札幌に到着したときから空港、駅、目に入る土産物屋を吟味《ぎんみ》した。

――まあ、最終的に選んだのが札幌らしさゼロのストロープワッフルだったけど、彼女が嬉しそうだからそれでいい。

「できた！　一分たったよ、先生」

電波時計できっちり六十秒をはかっていた結凪が、明るい声で呼びかけてくる。

「じゃあ、食べてみるか」

「うん」

持ち上げると、薄いワッフルはじゅうぶんに温まっていた。

前歯を立て、さくりとした食感を味わう。

追いかけるように溶けたシロップが舌に絡みついた。

湊大は、甘いものが好きだ。

今まであまり自分から言ったことがないし、周囲から気づかれたこともない。

——そういえば、結凪は何も言わなくてもデザートやおやつに甘いものを準備してくれる。

彼女がリハビリで通院していたときに、パン屋で昼食を買ってきてくれたときもそうだった。

食事パンのほかに、焼きドーナツがついていたのを見て嬉しくなったのを覚えている。

「んん、おいし……」

幸せそうに目を閉じて、ストロープワッフルを堪能する結凪が甘い声を漏《も》らした。

「塩キャラメルのシロップ、好き！」

子どもみたいにニカッと笑う彼女の、飾らないところが愛しかった。

「うん、おいしいな」

ほのかに塩のきいた甘いワッフルに、ブラックコーヒー。

大人のおやつは甘くて苦い。

「そう言いながら、あまり食べてないよ、先生」

「結凪がおいしそうで、つい見惚《みと》れたんだよ」

「なっ……、何、言って……」

すぐに動揺するところも。

「食べないなら、わたしがもらうよ！」

ごまかそうとして、湊大のワッフルに手を伸ばしてくるところも。

――気づいたら、好きでたまらないじゃないか。

コーヒーで温められたストロープワッフルのように、自然と心の中に彼女への愛情が蕩《とろ》けている。

「なんでニヤニヤしてるの？」

「んー？　結凪のおいしそうな顔がごちそうだなと思って」

「！　こっち見ないで」

「いやだよ。俺がお土産を買ってきたんだから、食べてる顔を見る権利がある」

「もらったからには、わたしの自由だよ？」

「わかってないな」

さくり。

残りのワッフルをひと口で頬張ると、湊大はコーヒーを半分ほど飲んだ。

「服をプレゼントするのは、脱がせたいからって言うだろ。それと同じ理屈だよ」

「そっ……なっ……ええっ……」

言葉に詰まる彼女が、今何を考えているのか手にとるようにわかる。

「俺に買ってもらった服のこと、考えてる？」

「〜〜〜っっ、し、知らない！」

「へえ？　そうかな。赤面してるのは、知ってるからだよね？」

——俺が、結凪に服を送った理由を。

正直に言えば、彼女が冬物をあまり持っていなかったから心配して購入しただけだった。

けれど、今はそれだけではなくなっている。

照れ隠しに、温めていないワッフルまで封を切る彼女。

「結凪、ここついてる」

「え、どこ？」

結凪が、右手でこするけれどとれていない。

「ここ」

細い顎をくいと持ち上げ、唇の脇をちろりと舐《な》める。

ほぼキスに同義だと知っていて、あえて当たり前の顔でする甘い行為。

「〜〜っっ！」

息を呑《の》む彼女が逃げないのをいいことに、至近距離でじっと目を見つめて。

——ああ、結凪の目に俺が映ってる。

黒目がちなところも、童顔に拍車をかけるのだろう。

「せ、んせ」

「うん」

「顔、近い……ッ」

力の入っていない両手が、形ばかりの抵抗で湊大の胸を押し返そうとした。

「そう？」

「ちょっと、待っ……、ん、んっ」

逃がしたくなかった。

何もなかったことにされたくなかった。

形良い唇をキスで塞《ふさ》ぐと、結凪の指がシャツをつかんでくる。

――婚前契約書には、キスをしてはいけないなんてルールはない。

これが詭弁《きべん》だと知っていて、湊大は彼女の唇を貪《むさぼ》る。

舌先で唇の輪郭《りんかく》をなぞると、腕の中の華奢《きゃしゃ》な体が震えた。

もっと、彼女がほしい。

このままダイニングテーブルに押し倒してしまおうか。あるいは――

「どうして……？」

キスの合間に、結凪が小さく問いかけてくる。

「うん？」

「どうして、キスするの？」

どうして、と問われれば答えはひとつしかない。

「どうしてだと思う？」

だが、簡単に答えを口にしない大人のずるさだ。

結凪は困ったように鼻の頭にしわを寄せる。

それがまたかわいいだなんて言ったら、きっと彼女は怒るだろう。

喜怒哀楽のはっきりしたところも好きだ。

夢を持ち、前向きに生きているところも魅力的で。

少々ノープラン、地に足をつけたいのにうまく立てないでもがく姿すら愛らしいだなんて。

——こうなると、ただの溺愛でしかないだろ？

「婚前契約書、覚えてる？」

「うん」

「節度ある大人の関係を築くっていうのはさ」

互いの鼻と鼻をかすめて、吐息を感じる距離で言葉を紡《つむ》ぐ。

「こういうのも、大人の関係に入ると思うんだけど、どう？」

「……っ、そんなの、わたしにわかるわけない」

「どうして？」

ふたりの間に、いくつも疑問符が落ちている。

答えを出さないまま、重なっていく『どうして』に結凪はつまずいて、湊大は踏みつけて進もうとしていた。

「だって、大人の……関係、の前に」

「うん」

年下の彼女に経験がないだろうことくらい、湊大だって気づいている。

あえて結凪に言わせるのは、ここで自分の欲望を押しとどめるためだ。

そうでなければ、好きだと言って彼女を奪ってしまいたくなる。奪う自分を止めるものがなくなる。

「つきあったこともないんだから……！」

耳まで真っ赤にした彼女が、ぎゅっと目を閉じた。

その機を見計らって、もう一度唇を重ねる。

「ん、ぅ……っ」

「だったら、俺とつきあえば？」

もうひとつ、疑問符を投げかけて。

けれど、答える暇も与えずに彼女の唇を塞ぐ。

——好きだよ、結凪。どうして好きになったのかなんて、俺にもわからないけどきみが好きだ。

出張帰りで、結凪不足に陥《おちい》っていた。

キスは甘く、コーヒーは苦い。塩キャラメルは、恋の味がする。

「先生、待って、息できな……」

「結凪には立派な鼻がついてるのに、口を塞いだだけで呼吸ができなくなるなんておかしいな」

勝手なことを言って、何度目かわからないキスをした。

結凪はもう、拒まなかった。

・・・・・・・・・・・・・・・・・・・・

仕事探しは十二月になってから、といえども――

徒歩圏内で通えるレストランを見繕う。

幸い時間だけはある無職だ。ランチタイムなら、手軽な値段でいろいろな店の味を楽しむこともできる。

湊大のマンションは立地がいい。

すなわち、駅も近ければ人の集まる店も多いということだ。

――あそこの洋食屋さん、オムライスはおいしかったけどスープは微妙だったなあ。

路地の定食屋さんは、おいしいけどちょっとお値段がかわいくない。

リハビリも兼ねて散歩をしていると、まだ入ったことのないイタリアンに遭遇した。

外に出ている看板には、日替わりメニューが手書きされている。

今日のランチはAコースがパスタかピザからメインを一品、Bコースはチーズリゾットかトマトリゾットから選んで、どちらもサラダとコーヒーがついて税込み千円はリーズナブルだ。

──えー、パスタもピザも気になるけど、リゾットも食べたいなあ。

「おいしそう……」

不意に聞こえた声に、思わず自分の声が漏《も》れたのではと周りを見回す。

すると、すぐ隣に見知った顔があるではないか。

「え、倉田《くらた》さん？」

「あれ、御塔坂《おとうざか》さんじゃないですか」

相手は理学療法士の倉田香緒里《かおり》だった。

「お久しぶり、というほどではないですね。御塔坂さん、このあたりにお住まいでしたっけ？」

「あ、えーと……」

住民票の住所があるかというと、ない。

病院で記入したのは前の住所だ。

「！　思い出した。御塔坂さんって、朱宮《あけみや》先生の婚約者なんでしたね！」

「あ、あの、え、そう、そうです。そうなんです」

ひどく動揺はしていたけれど、否定しそうになる自分をこらえる。

――倉田さんは病院関係者なんだから、婚約が嘘だって言ったらまずい！

「わたし、実家が調布《ちょうふ》なんですよ。今日はちょうど戻ってきていて」

「そうだったんですね。リハビリではお世話になりました」

「や、こちらこそ。それより、これからランチですか？　よければ一緒にどうですか？」

「はい！」

ひとりより、ふたりのほうがおいしい。

それに、香緒里とはリハビリをずっと担当してもらっていたから、気兼ねなく食事もできる。

女ふたりで店に入ると、感じの良い女性スタッフが席まで案内してくれた。

よく磨かれたグラスに、柑橘系のフレーバーウォーターが運ばれてくる。

「御塔坂さん、料理関係のお仕事してるんでしたっけ」

「あー、今は求職中です。怪我をする前はカフェでバイトしてたんですけど、来月くらいから働けるレストランを探していて」

「なるほど。だから、ランチのお店を吟味してたんだ」

今日のランチコースのピザはしらすとクワトロフォルマッジ。

しらすを食べたい欲求に負けて、結凪はAコースのピザにした。

香緒里はチーズリゾットを選んだ。

「御塔坂さん、リハビリも終わってよかったですね」

「ありがとうございます。やっと解放された気分ですよ～」

「ちなみに朱宮先生とは病院で知り合ったんですか？」

「う……、そ、そうです」

――倉田さん、もしや一緒に食事をしようと言ってくれたのは、先生との馴《な》れ初《そ》めを聞きたいから!?

湊大が、院内で注目を集める人物だろうことは結凪だってわかっている。

というか、あの顔であの性格だ。

どこにいたとしても、彼は目立つと思う。

「朱宮先生、御塔坂さんのこと気にしてましたもんね」

「え？　そうなんですか？」

初耳すぎて、思わず声が裏返った。

「そうですよ。普段から患者さんに病院の前で待ち伏せされたり、ナースステーションにプレゼント置いていかれたり、けっこう苦労してるの見ていたんで。御塔坂さんに対しては、最初からちょっと違いましたよ」

――どうしよう。嬉《うれ》しすぎて、めちゃくちゃ聞きたい。でも婚約者が、片思いムーブしすぎたらおかしいよね？

「それに、教授のお嬢さんから好かれていたみたいで……」

「あ、ちらっと聞きました」

「やっぱり？」

香緒里が小さく肩をすくめて笑う。

おそらく、結凪が入院中に病室で聞いた声の女性が、教授の娘なのだろう。

「病棟まで朱宮先生のことを追いかけて回ったって有名でした。なので、御塔坂さんと婚約されたと聞いたときは、こう……」

声をひそめる香緒里を見て、こちらも少し緊張する。

ちらちらとあたりを目線だけで確認し、彼女が口を開いた。

「実は、すかっとしました」

「あはは、もしかしてお嬢さんってちょっと院内で煙たがられてる感じですかね」

「そうですね。ちょっとじゃなく、けっこう」

リハビリで会うときも歯に衣着《きぬき》せぬタイプだと思っていたが、こうして外で会う香緒里はとても話しやすい。

――そうか。倉田さんは先生のこと、モテる男性として認識してるけど、興味がなさそうなんだ。

そこも話しやすい一因かもしれない。

「倉田さんって、先生のこと苦手ですか?」

「えっ……、わたし、そんなにわかりやすいです?」

「いや、なんとなく。というか、先生の周囲でキャーキャーする女性が苦手なのかなと」

「あー、そうなんです。バレてしまいましたね。でも医師としての朱宮先生に不満があるわけじゃないんですよ」

わからなくはない。

結凪もきっと、同じ職場に湊大がいたら、少し苦手だと思う。

――だけどわたしのは、好きになってしまいそうな予感のせいなのかも。

そうこうしているとサラダが運ばれてきて、ふたりは近隣のセレクトショップの話をしながら舌鼓《したつづみ》を打った。

サラダの野菜は新鮮で、水切りがしっかりしてある。

メインの皿も印象的な味が結凪の好みにぴったりだ。

——いいお店だなあ。先生も、今度誘ってみよう。

ここ最近、毎日お昼はお弁当を作って渡している。

婚約していると医局で知られた湊大は、昼食にお弁当を持ってくることをからかわれることもあるそうだ。

嫌じゃないのかと訊《き》いたら、

「愛妻弁当だって言ってるけど?」

と笑っていた。

——先生、あのキスはどういう意味だったの?

答えはまだわからない。

「あっ、御塔坂さん、トマトソースが!」

「えっ……あ!」

ピザからオリーブオイルとトマトソースがたれて、白いブラウスにべったりとシミができている。

「わああ、お気に入りなのにー」

その日は、香緒里とメッセージアプリのフレンド登録をして帰った。

帰宅して最初にしたことは、当然ブラウスの手洗いである。

・・・・・・・・・・・・・・・・・・・

冷蔵庫の中には、缶ビールが常に五本は入っている。

だからといって湊大も結凪も、普段はあまりビールを飲むほうではない。

季節柄もあるだろう。

ビールはやはり夏の風物詩だ。

ビアガーデン、風呂上がりの一杯、つらい仕事のあとのビールは最高。

――でも、冬の寒い日にエアコンであったかい部屋で飲む冷たいビールもおいしいよね。

湊大の帰りが遅いのをいいことに、今夜はひとりで三缶目を空けている。

そうだ、冬に鍋を囲んで飲むビールは美味である。

「なんにしても、ビールはおいしい。以上っ」

ソファに座り、クッションを抱いて。

缶のままのビールに、言語化できない現状への不安を託してしまう。

キスの謎は、どこまでも続く。

彼にとって、キスは誰とでも楽しめる快楽なのかもしれないし、挨拶《あいさつ》程度のことなのかもしれない。

——酔うとキス魔になる友だちもいたなあ。

二十三年、キスの経験なく生きてきた。

恋愛をしたくないと思ったことはない。逆に、彼氏がほしいと思ったこともなかった。

そういう意味では、本気で好きになるのが初めてなのか。

「そもそも、あーんな見目麗《みめうるわ》しい先生が、わたしなんかを婚約者役に選ぶのがヘンなんだよぉ。利害の一致なんて口ばっかし！」

どうしてキスしたのかを、彼の口から説明されたい。

同じくらい、聞きたくないから困りものだ。

「……好きなのになあ」

「何が？」

「！　っちょ、え、おかえりなさい!?」

跳ね上がるようにソファから立ち、結凪はビール缶を軽く潰しかけた。

いや、もちろん彼のマンションなのだから湊大が帰ってくるのは当然だ。

「ただいま。珍しいな、結凪がひとりで飲んでるなんて」

「う……、そういう気分だったから」

それがどういう気分なのかと問われたら、ちょっと説明はできそうにない。

イコール、ただの告白になってしまう。

スーツのままで冷蔵庫を開けると、彼が缶ビールを取り出した。

くいと缶を傾《かたむ》け、顎を上げて最初のひと口を飲む湊大の喉仏が魅力的で。

——先生、飲み物を飲むだけでエロい……！

目を奪われた結凪は、思わず目を輝かせる。

彼といると、結凪の目はとても忙しい。

「やりきれないことでもあった？」

「……まあ、言い方によってはそう」

「で、結凪のやりきれないことって何？」

——けっこう、聞き出しにくるなあ。

ソファに座り直すと、彼は隣に腰を下ろした。距離が近い。

「つっ、そんなの、誰にだってあるどうでもいいことだよ。先生には関係ないし

「……」

「関係ある」

さらに顔を近づけてくる湊大が、キスまで十センチの距離で凝視してくる。

「な、ない！」

「ふうん？」

ビールをもうひと口、彼はネクタイを緩めた。

意味ありげな仕草に心臓がばたつく。

胸の奥に小鳥がいて、結凪がどんなにおとなしくさせようとしても突然羽ばたくのだ。

——先生に反応して、羽をばささささせる。

「じゃあ、結凪は関係ない男と同棲してキスするんだ？」

「そっ……」

——それは、先生が勝手にキスしたんじゃない！

言葉を呑《の》み込んだのは、彼のキスを最終的に拒まなかった自分を知っているから。

理由が不明でも、初めてのキスの相手が湊大で嬉しかった。

頬を赤らめてうつむくと、彼の手が顎先をつかむ。

「それならそれで、俺としては都合がいいけどさ」

「都合？」

「結凪にいくらでもキスできる、俺にとっての都合だよ」

反論しようと開いた口に、同じビールの味がする唇が重なった。

初めてのときよりも、体が彼に応じる速度を上げている。

やんわりと食《は》まれた下唇がじんと甘い。

——唇だけじゃない。胸の奥までせつなくなる。

「ん、ぅ……っ」

歯列をくすぐるように、湊大の舌がうごめく。

うなじがぞくりと痺《しび》れて、腰から得も言われぬ喜悦《きえつ》が湧き上がった。

「や、めて……」

「やめない」

「せんせ、ダメ、ほんとに」

「駄目《だめ》じゃないよ、結凪」

大きな手が、腰を引き寄せる。

強く唇を押し当てられ、逃げ場もなく開いた口に湊大の舌が割り込んできた。

「！　……っ、ぁ」
吐息ごと奪われ、結凪は目を瞠《みは》る。
知識としては知っていた。
互いの舌を絡ませ合う、大人のキス。
――何、これ……っ！
ぬるりと甘く、熱く、淫猥《いんわい》な彼の舌に、喉の奥がひくついた。
「ん、んっ……！」
逃がさない、と湊大の意志を告げる舌先が、結凪の舌を追い求める。
奥に引っ込めた舌を口の中で舐《な》め上げられた。
どん、と。
無意識に握った拳《こぶし》で、彼の胸を叩《たた》く。
だが、そこまでだ。蕩《とろ》けるキスで、結凪の抵抗は封じられた。
――もう何も考えられない。どうして、先生……？
この前の夜とは違う。
一歩先に進んだくちづけが、結凪に同じ疑問を突きつける。
「なんで？」

だが、その疑問は結凪ではなく湊大の口からこぼれた。

「え、なんでって、そんなのわたしが聞きたい」

「俺だって聞きたいよ。結凪は、なんで泣きそうな顔してるの」

じっと瞳を覗《のぞ》き込まれる。

心を見透《みす》かされてしまう気がして、目をそらしたくなった。

——だけど、先生の目がきれいで。

「……ねえ、俺はなんのために結凪と偽装婚約してるか知ってる？」

「えっと、教授のお嬢さんとの縁談を——」

「はい、はずれ。人間の目的は、常に同じじゃない。俺はとっくに、違う感情で生きてるよ」

答えを間違ったバツとでも言いたげに、彼がまた唇を塞ぐ。

——目的って？　だってわたしは、和穂ちゃんの結婚式に一緒に行ってもらうから
……。

違う。

たしかに始まりはそうだった。

だが、今の結凪は地元も実家も関係なく、湊大を好きだという気持ちでいっぱいに

なっている。

「先生、も……？」

問いかけた声は、震えていた。

それを受け止める湊大が、美しい二重まぶたの下で目を細める。

「そうだなあ。結凪も俺のことが好きだろ？」

「っ、ずるい！」

「はいはい、大人はずるいんだよ。知ってるくせに」

ちゅっと音を立てて唇を吸うと、彼は結凪の頭を優しく撫《な》でた。

——待って、『結凪も』ってことは。

「ちゃんと、言ってほしい」

「自分は言わないのに俺には言わせたい？」

「だ、だって」

恋愛経験値が違う。

湊大のほうが、絶対に結凪より大人なのはわかっている。

彼だって、ずるい大人宣言をしたばかりじゃないか。

「いいよ。大人の俺が先に折れてあげる」

いつの間にかビールの缶が、ローテーブルに移動していた。

両腕を広げて結凪を抱きしめた湊大が、耳元に唇を寄せてくる。

――先生、ほんとうに？

期待に胸を膨らませ、彼の言葉を待つ。

先に言わせようとする結凪も、同じくらいずるい大人だ。

「結凪、すごいドキドキしてるね」

「う、そんなの、仕方ない」

「そうだよな。だって、結凪も同じなんだもんな」

わざとらしく繰り返してから、彼が声をひそめた。

「結凪が好きだよ」

全身が、甘く震える。

「好きだ。素直でまっすぐで負けず嫌いで優しくて、ときどき損をして、それでもへこたれない結凪のことを、好きになったんだ」

ぎゅう、と体が軋《きし》むほどに抱きしめられた。

だけど、抱きしめられているのは体だけではないことを、結凪も知っている。

心まで湊大にしっかりと包まれている。完全に、奪われている。

「で、そっちは？　言ってくれないの？」

「うー……」

もう、頭が熱暴走しそうだった。

急激に与えられる愛情という情報に、結凪の意識が溶けていく。

「なんでうなるんだよ」

ははっと笑った湊大が、首筋にキスをひとつ。

「や、んっ……！」

「いい声。かわいい」

「先生、待って、あ、あの」

「待ってほしい？　ほんとうに？」

いつだって、湊大は結凪より先に答えを知っている。

――この先に何があるか、わたしも知りたい。先生に、教えてほしい。

「……す、好き」

「うん」

「先生のことが、好き」

「なあ、結凪」

彼の手が、セーターの中にするりと入り込んできた。

「ひゃ！」

「婚前契約書、作っておいてよかったよな、俺たち」

——どういう意味？？？

ソファに体が押し倒される。

婚前契約書を持ち出される意味はわからなくとも、彼が体重をかけてきたときに何をされるのかはちゃんとわかっていた。

「先生、ここで……？」

「ベッドがいい？　俺は、そんなに余裕ないけど」

初めてだから、とか。

明るい場所は不安、とか。

理由を挙げればきりがない。

——でも、そんなのどうでもいいんだ。だってわたしも……

「余裕のない先生も好きだから、いいの」

「煽《あお》るねえ。その分、ちゃんと愛情で返してやるから安心していいよ？」

クッションを枕に、結凪の体がソファに沈む。

夜は、ストロープワッフルに挟まれた塩キャラメルよりも甘く、ふたりを溶かしていった。

・・・・・・・・・・・・・・・・

無理をさせた自覚はある。

だが、こちらも嘘は言っていない。

余裕なんてなかった。抱きたくてたまらなかった。

――まあ、そんなの言い訳にならないのも知ってるんだけどな。

腕の中で寝息を立てる結凪に、カーテンから射し込んだ朝陽が降り注ぐ。

やわらかな髪がキラキラと光をまとい、まつ毛の先を細かく震わせていた。

ソファで抱いたあとに、結凪を自分の部屋のベッドまで運んできた。

さすがにあのソファでふたり、抱き合って眠るのではスペースが足りない。

「んー……」

もぞり、と彼女が身をよじる。

朝陽がまぶしいのか、眉根を寄せる表情がかわいい。

カーテンを閉め直してあげたいけれど、抱きしめている湊大が起き上がったら、きっと結凪も目覚めてしまう。

彼女のひたいに手で庇《ひさし》を作る。

「ん、せんせ……」

逆に、急に暗くなったことで目が覚めてしまったのかもしれない。

「おはよう」

声をかけると、結凪が幸せそうに微笑《ほほえ》んだ。

「おはよ……」

──無防備すぎて、朝から襲いたくなるんだが？

しかし、初めての翌朝にもう一回戦というのは負担が大きいのもわかっている。

自身の欲望をぐっとこらえて、湊大は華奢《きやしや》な体を抱きしめた。

「結凪、かわいい。昨日も最高にかわいかった」

「な……っ、何、朝から……」

「朝からじゃない。昨日の夜からずっとかわいいよ」

「ううう……、もう、無理。恥ずかしくて死ぬ……っ」

赤くなった顔を、湊大の胸に押しつけて隠す素振《そぶ》りが愛らしい。

「こら、なんで隠すの」

「見ちゃダメ」

「見たい」

どんな姿も見ていたい。

結凪を前にすると、湊大はおかしくなる。

恋愛感情は、こんなにも自分を狂わせるのだと実感するのだ。何度も、何度も。

「結凪」

「……先生のえっち」

「お、言ったな？　だったら慣れるように、もう一度しておく？」

「無理……っ！」

小さく悲鳴のように答えた彼女は、がばっと顔を上げて懇願する目を向けてきた。

小柄なこともあって、結凪は小動物のようだと思う。

腕の中にすっぽりおさまるところも、やはりかわいらしくて。

「朝からそんなこと、無理。ほんと、無理だから」

「ふうん、つまり夜ならいいんだ？」

「っっ……」

イジワルな湊大の言葉に、結凪が唇を尖らせた。

「その顔、俺の前以外でするなよ」

「どうして？」

「キスしたくなる顔だから」

触れるだけのキスを、二度三度と繰り返す。

――やばい。キスだけで済まなくなる。

頭ではわかっていて、それでも止められないのは、これが恋だと知っているから。

好きな女を腕に抱いて目覚める幸せを、強く強く噛《か》みしめる。

「好きだよ、結凪」

「……わたしも、好き」

「もっと言って。結凪に好きって言われたい」

「あの、でも、待って、えっと」

その当惑に、心当たりがないとは言えなかった。

キスするたび、湊大の心と体が彼女を求めていく。

具体的には抱き合う下腹部に、彼女はその存在を感知しているだろう。

「好きって言ってくれないと、このまま抱いてしまうかもしれないね」

「ううう、好き、好きだけど、今はもう無理だから！」

「嫌がる結凪もかわいいなあ」

「先生の、へんたい……っ！」

愛し合った翌朝の、朝陽よりもまぶしい多幸感に包まれて。

湊大はもう一度、結凪の唇を奪った。

「体つらいだろうから、朝食は俺が作るよ」

料理と呼べるほどのことはできないが、トーストを焼いてインスタントスープを温めるくらいは可能だと踏んでいる。

「え、いいの？」

「もちろん。おとなしく過ごしてください。担当医の言うことを聞くようにね？」

ふざけ半分に言った言葉で、結凪が楽しそうに笑う。

彼女が笑っている。

それだけで、世界がキラキラと輝いて見えた。

結局、救われているのは自分のほうなのだろう。

・・・・・|・・・・・・・|・・・・・・

この歳まで恋愛をしてこなかったのは、ある意味で恋愛を軽視しているからだと結凪は思っていた。

――だけど、そうじゃなかったんだ。

彼に愛されて、知った。

恋人がほしいのではなく、好きな人と恋人になりたい。

そう思うのは、軽視ではなく重視だ。

恋愛を神聖化していた。そして、恋愛を理想化していたのだと今ならわかる。

――つまり、わたしは見事に処女をこじらせていたと！

恥ずかしさに悶《もだ》えそうになるけれど、もう、これは単なる事実なのだからどうしようもない。

今だから認められる。なぜなら、結凪はもう処女ではないのだ。

「いや、うん。ヤったかどうかで人生が変わるわけでもないんだけど……」

セックスしたからって、世界は変わらない。

変わるのはいつだって世界ではなく、自分のほうだ。

自分の内側。

心、考え方、意識。

そういう部分に変化がある。

――好きな人に、好きって言った。

小さな自信に体温が上がる。

――好きな人に、好きって言われた！

大きな感情の波に、理性がさらわれていく。

リビングのフローリングをごろんごろんと転がって、何度も昨晩の記憶に心を馳《は》せた。

こんなにも、心が動く。

誰かを好きになるというのは、幸せなことだった。

さて、自己対話といえば聞こえはいいが、恋愛成就に浮かれて一日ほぼ何もせずに日暮れがやってくる。

昼食すら忘れて迎える夕方は、さすがに胃がくうくうと鳴き声を漏らしていた。

結凪はのそりと立ち上がり、洗面所に行って手と顔を洗う。

鏡に映る自分は、昨晩と同じ顔。

髪をとかしてアップにし、もう一度手を洗ってからキッチンへ。

夕飯は何を作ろうか。

冷蔵庫を開けて考えていると、カウンターに置いたスマホがメッセージアプリの通知音を鳴らした。

「先生!?」

スマホをばっとつかみ、液晶を凝視する。

『そろそろ夕飯の準備？』

『まだなら、夜は外食しない？』

いいタイミングだった。

夕飯のメニューはまだ決まっていない。

『行く！』

『駅の近くにおいしいイタリアンがあるよ』

先日、香緒里と一緒に行った店だ。

湊大と行きたいと思っていたので、思いがけず機会が訪れて嬉しい。

『じゃあ、つきあって最初のデートだね』

「なっ……!?」

彼からの返信を前に、結凪はのけぞった。

スマホをカウンターに置いて、一歩二歩とあとずさる。

——つきあって、る？

冷静に考えれば、お互いに相手を好きだと言い合ったのだから、おつきあいが始まっていると言って間違いではないのだろう。

いや、でも好きを確認したことは、つきあうに至っているのか。

「えええええ、ほんとうに……？」

両手で頭を抱えて、アップにした髪をくしゃくしゃに掻《か》きむしる。

こじらせ処女は、そう簡単に卒業できそうにない。

調布駅前の交番裏で待ち合わせることになり、結凪は夕方の街をひとりで歩いていく。

彼が買ってくれたコートとブーツ。

ちなみにブーツはショートブーツで、編み上げのムートンブーツだ。

——踵《かかと》の低いのを選んでくれるあたり、わたしが階段から落ちたのを忘れてない
……！

だが、実際に履いてみるとそれだけが理由ではないのがわかる。

手術した左足首は、冷えるとまだ痛みを感じる。

ムートンブーツは、やわらかくて温かい。

結凪の足を考慮して選んでくれたのが、あらためて実感できた。

——先生は、いつからわたしのことをす……好き、だったんだろう。

ブーツを買ってもらったのは、一緒に住んですぐのことだったと思う。

あのころは、まだお互いのこともよくわかっていなかった。

よく知らない相手と一緒に暮らすだなんて、ふたりともかなりおかしな行動をしたものだ。

調布駅は、近年再開発が行われたばかりだ。

駅舎が新しくなり、京王線のホームは地下に移動した。

地上のスペースは広くなり、新しい駅ビルが複数建設されたと聞く。

真新しい駅ビルを見上げる広場に、交番は建っていた。

その裏手に立ち、結凪はバッグからスマホを取り出す。

急いでメイクをして出てきたので、マスカラが心配だった。

スマホのインカメラを鏡代わりにして、目元を確認する。

——あ、やっぱり目の下が黒く点になってる。

爪の先でカリカリと固まったマスカラの点を剥《は》がしていると、気合いを入れたグラデリップも気になり始めた。

実は、前から試してみたかったグラデリップ。

唇を一度コンシーラーで塗りつぶし、中心にちょん、と口紅をつける。

それを上下の唇で伸ばして、唇全体に透明のグロスを塗って完成だ。

——もう少し明るい色にしたほうがよかったかも。これだと、顔色が悪く見える？

だけど、今からリップを塗り直す時間は……

「自撮り？」

「ひゃあっ!?」

考え込んでいたせいで、湊大が近づいてきていたのに気づかなかった。

「あれ、結凪。なんか違う」

彼の視線が唇に向けられている。

結凪はスマホで口元を隠した。

「ちょっと、メイクやりすぎたから！」

「かわいいのに。なんで隠すの？」

——だから、やりすぎたの！

調子に乗って、かわいい女の子に似合うメイクを試してしまった。

湊大にかわいいと思われたかった自分。

なのに、かわいいと言われると恥ずかしくなる。

彼に見抜かれている気がしてしまう。

「……先生は、なんでもすぐかわいいって言う」

「結凪がかわいいのが悪いんじゃない？」

「ほら！　そういうとこだよ！」

「はいはい。で、店はどこだって？」

左手が、差し出された。

別にバッグは重くないけれど、持ってくれるのだろうか。

「……？」

疑問符とともに、手にしていたバッグを彼に渡す。

「えっ？」

すると、湊大は目を大きく瞠《みは》った。

「え、え？」

結凪も困惑し、彼の手からバッグを慌てて取り返す。

「あー、うん。カバンを持ってあげてもいいんだけど、今のは手をつなごうって意味のほうね」

「な……るほど……？」

だが、手の意味がわかったからといって「じゃあつなごう！」とはなかなかならない。逆にタイミングを逃してしまい、考える余裕を得てしまった。

——どうなの？　どうやって手をつなぐべきなの？

結凪だって、好きな人と恋人つなぎでデートしたいくらいの情緒は持ち合わせている。

「はい、じゃあ、あらためて。お手をどうぞ、結凪」

ここで拒んだり照れたりしたら、今日の手つなぎイベントは終了してしまう。

全力で、彼の手をぎゅっと握った。

大きな手はひんやりしていて、指の長さに胸がきゅんと疼《うず》く。

——わたしの好きな人の手が、最高に気持ちいいです！

心の中で叫《さけ》ぶ結凪の耳に、

「これは、握手だよね……」

と、少々悩ましい声が聞こえてきた。

「えっ、あっ！」

左手を差し出されて、左手で握り返したからには、握手、シェイクハンドの状態になる。

「間違えた！　緊張してるせい！」

慌てて手を放し、右手で握り直す。

「ふっ……」

顔を右にそむけ、湊大が肩を震わせた。

「ふっ、ははは、ははっ、はははっ」

「そんなに笑わないでよー……」

「かわいいなあ、俺の彼女」

——彼女！

つきあっているのかどうか問題が、秒で解決する。

——そっか。やっぱりわたし、先生の彼女なんだ。つまり先生はわたしの彼氏
……！

「結凪」

「なっ、何？」

「俺は立ち止まってるのも嫌いじゃないけど、結凪のお腹が鳴る前に食事に行ったほうがいいんじゃないかな」

地下にある駅から人々が地上に吐《は》き出されてくる。

広場を通って帰路につく誰かの背中と、日暮れた街並み。

交番の裏手で見上げた好きな人の横顔は、夕闇の中でも見間違えたりしない。

黄昏《たそがれ》とは、誰《た》そ彼《かれ》が語源だ。

夕暮れどきに「あれは誰だ？」と首を傾《かし》げる。

日が落ちても、結凪には湊大がわかる。

誰か、ではなく。

特別な人、だから。

「イタリアンでいい？」

「喜んで」

手をつないで歩き出す。これが幸せの始まりだ。

赤ワインで乾杯をするテーブルには、カラフルな野菜のピクルスがボトルごと置かれている。

「ここ、いいお店だね」

窓際の席に座り、湊大が夜空を見上げた。

「うん。この間、理学療法士の倉田さんと一緒にランチしたの」

「へえ、そうなんだ?」

スモークサーモンとクリームチーズのサラダが運ばれてきて、新鮮な野菜に胃袋と心をぎゅっとつかまれる。

好きな人と飲むワインはいつもの十倍おいしいし、好きな人と食べる料理はいつもの百倍幸せだ。

「今夜は結凪と外食したかったから、嬉しいよ」

「今夜は〝って〟いうのは、何か理由があるの?」

「もちろん」

ワインを飲み干した彼を前に、心臓が早鐘を打つ。

——まさか。まさかとは思うけど。

「あの、まさかとは思いますが」

「ん? 何、あらたまって」

急に敬語になったのを訝《いぶか》る湊大が、テーブルに身を乗り出してきた。

「おつきあい記念日に乾杯とかじゃないよね!?」

言葉を選んだ。

ほんとうは、もっとアレな単語が脳内に浮かんでいる。

けれど、それは外で言うことではない。

――家の中でも聞きたくない！

「いや、どっちかっていうと結凪が大人になった記念に……」

「やーめーてー！」

結凪の羞恥《しゅうち》ポイントを見事に撃破し、湊大が笑う。

「ま、そういう照れるところもね。俺からすればかわいいってことだよ」

サーモンを口に運ぶ彼は、甘やかな瞳でこちらを見つめていた。

――先生、爽やかな外見に反して、中身はけっこうエロに舵《かじ》を切るよね……

「おいしいね、このサラダ」

「うん」

もそもそとクリームチーズを頬張り、ワインで心を落ち着ける。

少なくとも、落ち着けようとしていたのだが。

「で、今夜もチャレンジする？」

「無理。体、もたない」

即答した結凪に、彼が意味深なまなざしを向けてきた。

誘惑と挑発の混ざった、淫靡《いんび》な視線。

「俺はいくらでもつきあうけど」

「〜〜〜っっ」

メインのパスタとピザが運ばれてきて、危険な話題は幕を下ろす。

爽《さわ》やかな顔の美しい男に、性欲がないわけではないことを結凪はもう知ってしまった。

その欲求を向けられるのが自分だけであることを願うばかりである――

第四章
偽りの婚前契約にさよならを

休日の昼下がり、雨の日に。

朝食が遅かったので、十三時半を過ぎてから結凪《ゆな》は昼食の準備でキッチンに立っていた。

平日はひとりでランチに出かけることもあるけれど、ふたりの日はゆっくり過ごしたい。

——野菜たっぷりのラーメンって、こんな感じでいいかな。

白菜、モヤシ、ニンジン、ピーマン、タケノコ、豚肉をホタテだしと塩コショウ、ゴマ油で炒める。香りづけにガーリックパウダーをひと匙《さじ》。

ニンニクそのものを使わないのは、明日も湊大《そうだい》は仕事だからだ。

病院で働く彼には、清潔感のあるドクターでいてほしい。

少なくとも、結凪は湊大のそういう部分を好ましく、信頼できる医者だと感じていた。

患者にすれば、医者の技術や知識を外から見分けることはできないのだ。

——サービス業ではないかもしれないけれど、客商売の面はあるはずだもの。

なので、匂《にお》いの残る食べ物は休日前夜になるべく限定している。

「結凪、お腹減ったね」

そう言って、彼が背後から抱きついてきた。

「っちょ、危ない。火を使ってるから！」

「知ってる。結凪が俺に抱きつかれるとドキドキしちゃうのも、ちゃんと知ってるよ」

首筋に唇を這《は》わせる彼は、おそらくわかっていてやっているのだろう。

「無理して作らなくてもいいんだよ？　俺は結凪の作る料理が好きだけど、今日は疲れてるでしょ」

体の奥に残る甘い疲労の原因は、まさしく湊大その人である。

昨晩から今朝にかけて、彼がどれほど結凪を愛し尽くしたかは筆舌に尽くしがたい。

「疲れるってわかってるなら、もう少し加減してくれてもいいんじゃないかな……」

「俺の愛情を？」

「そっ……これは、その」

「結凪がかわいいせいで、何度抱いても足りないのに？」

「先生っ！」

「あはは、ごめん。でもほんとうに無理しないで。夜はデリバリーにしよう」

作り置きしておいた豚バラのチャーシューを冷凍庫から取り出し、湯煎で解凍する。

――デリバリーしなくても、雑穀とお米を炊いてチャーシュー丼にできるんだけどなあ。

湊大は湊大なりに、結凪を気遣ってくれているのだ。

ここで「家にあるもので作るからいらない！」なんてかわいくないことを言うのも、どうかと思う。実際、どんなにありもので作れると言っても、何もしないで出てくるわけではないのだ。

チャーシュー丼だけをどーんとテーブルに置くわけにもいかず、副菜やサラダを準備することになる。

――やっぱり、先生の優しさに甘えよう！

「じゃあ、明日の夜はチャーシュー丼にするね」

「えっ、待って。今夜、デリバリーじゃなかったらチャーシュー丼の予定だった？」

「うん」

彼はその場にしゃがみ込む。

がくりと膝をついて。

「え、先生……」

「俺は結凪のチャーシューを心から愛してるので、今ちょっと……デリバリーを提案した己を殴りたい気持ち……」

——そんなことで？

湊大は大人だ。

結凪より八歳も年上で、仕事だってちゃんとしていて、こんな立派なマンションにも住める。

なのにときどき、子どもみたいなところもあってかわいい。

「ラーメンにものせますよ」

「サービスで追加を」

「二枚？」

「もう一声」

「じゃあ、三枚で」

「よし、生きる」

拳《こぶし》を握り、彼はぐんっと立ち上がった。

長身の湊大を見上げて、結凪は不思議だなと思う。

なんだってできる、なんだって手に入る。

——それなのに先生は、わたしを選んだんだ。

恋というのは、冷静な判断力を失わせるものなのかもしれない。

「どうした、結凪?」

「うーん、恋は難しいなって」

言ったとたん、ひたいに手を当てられる。

熱を測られているのだ。

「先生、これはどういう意味?」

「ヤりすぎて熱でも出たんじゃないかって心配してるんだよ」

「そう思うなら、やりすぎないで!」

「それは無理」

即答に、がっくりと肩を落とす。

――今日はわたしも、チャーシュー二枚のせよう。体力、大事!

できあがったラーメンをテーブルに並べると、ふたりは目を輝かせた。

「お店みたいだな」

「自分でもそう思う!」

「あっ、写真撮ろう」

「ぜひ!」

麺が伸びない程度の時間、撮影会を行ってから箸《はし》を手に取る。

はふはふとするラーメンは、濃いめのスープがよく絡んだ。

たっぷりの野菜が食欲をそそる。

「チャーシュー、最高」

鼻の頭に汗をかいて、湊大が満面の笑みを見せてくれる。

——ずっと、こんな毎日だったらいいな。

好きな人にごはんを作るのは、幸せだ。

一緒に暮らすのも慣れてきたし、恋愛も順調で。

だけど、この先はどうなるのだろう。

湊大の仕事が忙しいこともあって、同じマンションに住んでいてもなかなかふたりの時間を満喫することができない。

時間ができると、つい愛し合ってしまうのも悪いのはわかっている。

つきあいはじめのふたりだから、そうなるのも当然なのだろう。

専門学校時代の友人が、つきあう前はいろんなところに一緒に出かけたのに、つきあって以降は部屋デートが増えたと不満を漏らしていたのを思い出す。

——不満、ではないかな。

湊大と一緒にいられる時間は、今の結凪にとって何よりも幸せでかけがえのないものだ。

けれど、この同居――いや、今ではすでに完全なる同棲生活が、この先どうなるのかはまだ話し合えていない。

食事中の今だって、話そうと思えば話せる。

――なのにわたしはそれを話題に選ばない。だって、もし仕事が決まったら出ていってと言われたら、少し寂しい気がするから。

交際=同棲ではない。

ふたりは特殊な関係からの恋愛スタートだったから、今は一緒に住んでいる。

だが、このままなし崩しに彼の部屋で暮らしていくことになった場合、別れたら部屋探しから始めなければいけなくなる。

――それに、先生だって期間限定の同居はよくても、同棲は話が違うって考えかもしれないし……。

「結凪、食べないの？　伸びるよ」

「あっ、うん。食べる」

慌てて野菜と麺を持ち上げ、口に運んだ。

まだかなり熱いラーメンに、舌を火傷《やけど》しそうになる。

——同棲を続けるにせよ、ここから出ていくにせよ、仕事を決めるのはマストだ。

彼の恋人になれたのは嬉しい。

彼のお荷物になりたいわけではない。

結凪はラーメンを食べながら、丼の中に自分の未来を描いた。

・・・・・|・・・・・・・・・・・・・・|・・・・・・・

十一月の夜は、長い。

平日の夜に仕事を終えて帰宅した湊大は、ダイニングテーブルに並んだ夕食を見て頬を緩ませる。

すでに時刻は二十三時を回っていた。

結凪は早寝遅起きの、毎晩八時間睡眠が理想だと以前に話していたことがある。

——寝る前に、俺の食事を準備してくれるところはつきあう前から同じだけど。

それでも、恋人が作ってくれた夕飯だと思うと心が弾《はず》む。

今はまだ彼女が仕事をしていないから、こんな甘えた毎日を送れている。

これは、当たり前のことではない。

彼女の厚意なのだ。

「こんなふうに甘やかされると、同棲どころか結婚したくなるよなあ」

それがすべてではないし、結婚相手を家政婦扱いするわけでもない。

ただ、今までひとりで暮らしてきた中に、彼女の気配がある。彼女の優しさがある。

時には疲れて帰宅する夜もあって。

結凪の作る食事は、湊大の疲労を癒《い》やしてくれた。

感謝の気持ちを、どう表現すべきだろう。

そんなことを考えながら、湊大は料理をレンジで温める。

その間に、スーツを脱いで部屋着に着替えた。

今日のメニューは、湊大の好きなオムライスだ。

しかも、手の込んだミルフィーユオムライスである。

以前にオムライス巻きをお弁当に入れてくれたことのある結凪は、できたてで食べる以外のおいしいオムライスのレシピをいくつも知っている。

彼女の仕事熱心なところを、こうして何度も垣間見るたび、料理人として身を立てたいという夢を応援する気持ちが強くなった。

ミルフィーユオムライスは、その名のとおり薄焼き卵とチキンライスを層に仕立てる。

結凪の場合は凝っているので、バターガーリックライスとチキンライスを交互にサンドして彩りも鮮《あざ》やかだ。

四角いラザニアにも似た形状のオムライスが皿の真ん中にあって、その周囲にはブロッコリー、ニンジン、ジャガイモ、パプリカ、アスパラガスなどが並んでいた。

「いただきます」

きのこのクリームスープも温めて、湊大はテーブルの前でひとり小さく感謝を込めて言葉を紡《つむ》ぐ。

「ん！」

今日のミルフィーユオムライスは、チーズ入りだ。

とろけたチーズが口の中で卵と絡み、なんとも幸せな味になる。

――一生、俺のために食事を作ってほしいなんて贅沢《ぜいたく》な望みだよな。

彼女の技術は、仕事にいかすべきものだろう。

いずれは結婚を考えてほしいけれど、まだ二十三歳の結凪にそれを望むのは酷《こく》だ。

無論、結婚したら仕事を辞めろと言っているわけではなくて。

仕事と家庭の両立で苦しめたくない。

だから、結凪が仕事を始めたら、今のように家事をやってもらおうとは思っていなかった。

――結婚を本気で考えるには、まず俺も最低限の家事をやるようにしないとな。

自然とそう思えたが、ある意味ではたいそう一方的な考えでもある。

絶対に、彼女には言ってはいけない。

――いずれだ。いずれでいい。

とりあえず自分ができることをやるようにする。それが未来の準備につながる。

湊大は、スマホのスケジュールアプリにゴミの日を登録するところから始めた。

突然、料理ができるようにはならないけれど、掃除やゴミ捨てなら湊大にだってできる。

彼女が就職活動をするのに合わせて、自分も家事ができるのだと安心してもらおう。

そう、心に誓ったのだが――

・・・・・|・・・・・・|・・・・・・

十一月も下旬に近づく土曜日の朝。

結凪が寝起きにキッチンへ行くと、シンクの中は洗いものひとつない。

ウォーターサーバーでグラスに水を注ぎ、まだぼんやりとする頭で考える。

——一昨日は燃えるゴミを朝出して行ってくれた。昨日の朝は、トイレ掃除をしてくれた。

もちろん、やってくれているのは湊大だ。

十一月末に、従姉の和穂《かずほ》の結婚式がある。

それが終われば、結凪は仕事を探す予定で、湊大もそれについては知っていた。

グラスの水を飲み干して、さっとシンクで洗う。

水切りかごに置いてから、そこにも洗い終えた食器がないことに気づいた。

いつもなら、夜遅く帰宅する湊大は食べ終えた食器をシンクに置いておくか、洗って水切りかごに入れていたのに。

「……わたしは不要っていうアピールかな」

声に出して、いっそう落ち込む。

別に彼のマンションに居着くつもりではない。

だが、結凪がここに住む条件として家事をやるという約束になっていたのだ。

――先生が家事を自分でやり始めたのは、わたしが出ていく日が近いから準備をしているってこと、だよね……

落ち込むことではないと、頭ではわかっている。

最初から、そういう約束だった。

ただ、おつきあいが始まったからどうすべきなのか、と結凪だって考えていたではないか。

――先生は、わたしに何か相談する必要なく自分で決める。大人だから。ううん、この部屋が先生の契約しているマンションだからかもしれない。

彼には彼の生活がある。

それを邪魔《じゃま》するつもりも、居候《いそうろう》としてのさばってやろうなんてつもりも、結凪にはなかった。

――何も言わずに家事をやるようになるって、行動で考えを伝えようってことなんだ。いちいち、それを口に出して言うほうが野暮《やぼ》ったいって、先生は思ってるのかもしれないし……

冷蔵庫から昨日の残りごはんを取り出し、レンジにかける。

朝食はパンなので、これは炒飯にしてお弁当に詰める用だ。

サラダとスープとベーコンエッグの朝食を準備する間に、同時進行でエビシュウマイと唐揚げ、レンコンのチリソースを作る。

ＩＨコンロが三ツ口もあるおかげで、料理には困らなかった。

シュウマイのタネは、前回作ったときの残りを冷凍してある。唐揚げも、下味をつけた鶏もも肉を冷凍してあるのを解凍する。

料理は、下準備さえ整っていれば火を使う時間だけでほぼ完成するというのが、結凪のやり方だ。

曲げわっぱの弁当箱に、炒飯と中華三昧《ざんまい》のおかずを詰めて、仕上げにグリーンピースと紅生姜で彩りを整える。

隙間にピックを刺したザーサイを詰めれば、バランスもよくなるというもの。

「あ、パンを焼かなきゃ」

急いでトーストの準備に取り掛かり、ついでに空いた鍋でブロッコリーを茹《ゆ》でる。

「おはよう、朝からいい香りだなあ」

パジャマ姿の湊大が、リビングに顔を出した。

一緒に暮らし始めた当初、朝は食べないと言っていた湊大も、最近は違ってきている。

好きな人が健康的に食事をする姿を見るのは、結凪にとっても幸せなこと。

朝からふたりでダイニングテーブルに座って食事をするのは、特別な関係なのだと実感できた。

「おはよう。今日のお弁当は中華だよ」

「昼が楽しみだ。顔洗ってくる」

コーヒーメーカーには、できたてのコーヒー。

決まった時間内で、複数の調理や準備を的確にこなすという意味では、家庭の朝はじゅうぶんに仕事のリハビリになる。

そう思ってから、自然と『家庭』という単語を脳内で使っていたことに恥ずかしくなった。

ここは、家庭ではない。

彼のマンションであって、自分は湊大の家族でもなんでもないのだ。

——図々しいな、わたし。こういう性格だから、先生は一緒に暮らせないってきっと考えたんだ。

直接言われたわけではないのだから、そこまで深く考えなくていいと思う気持ちもある。

だが、これまで家事をほとんどしなかった彼が行動しているのだから、何かしらの理由があると考えるのも当然だった。

「……仕事の面接、そろそろ考えよう。来月から働きたいって言えばいいんだから」

使い終えたフライパンを洗って、結凪は近所のイタリアンレストランでキッチンスタッフを募集していたのを思い出す。

——たしか、正社員登用ありのパート募集だった。話を聞いてみよう。

その日、結凪は湊大が仕事に出かけるのを待ってコンビニに履歴書を買いに出かけた。

帰りに遠回りして、イタリアンの店を確認する。

スタッフ募集の張り紙を写真に撮り、寒空の下をひとりでマンションに向かって歩く。

すれ違う人たちは、皆一様に駅を目指して歩いていった。

結凪だけが、逆方向に進む。

——先生とつきあっていきたい。だからまずは、仕事だ！

マフラーに顔を埋め、結凪は強く自分に言い聞かせた。

不安はひとつずつ潰していくしかない。

にょきにょきと芽を出す不安に打ち勝つには、自分を嫌いにならず、卑下《ひげ》することなく、できることを順序立ててクリアしていくのだ。

いつだって、自分に自信を与えるのは自分自身でしかないのだと、結凪は知っている。

……━……・……━……・

仕事、顔面、運動神経に家柄、教授の覚えもよろしい朱宮《あけみや》湊大だが、この日ばかりは自分の迂闊《うかつ》さを心底呪っていた。

——なぜ……忘れてきた……!

その姿は、同僚の目によれば、バトル漫画の主人公が強敵に負けたときにも似ていたと聞く。

苦み走った表情と、深く刻まれた後悔。

湊大自身、近年これほど落ち込んだことはなかった。

たいていのことはリカバリが効く。

データはクラウドにバックアップができるし、出先で忘れ物に気づいても購入すればどうにかなる。

代用品で済むものしか持っていなかったのだと痛感したのは、結凪の作ってくれた弁当を忘れてきたからだ。

――今日は中華だったのに。手作りのエビシュウマイも、唐揚げも、炒飯《チャーハン》も置いてきてしまった。

何度ついたかわからないため息を繰り返す。

以前なら、このくらいなんとも思わなかっただろう。

食事を摂れればそれでいい。

医局で皆が頼む出前を取ってもいいし、院内のコンビニに買いに行くこともできる。スタッフ用の食堂に行けば、できたての食事も食べられる。

だが、そうではないのだ。

湊大が食べたいのは、結凪が朝から作ってくれた弁当なのであり、代用できる何かではない。だからこそ落ち込んでいる。

「朱宮先生、昼食は――」

おそるおそる尋ねてくる研修医に、黙って首を横に振った。

食べたい。

けれど、なんでもいいわけではなくなってしまった。

彼女が作ってくれた、愛情のこもった弁当を食べたかった。

これが、結凪が「今朝は作るの忘れちゃった、ごめんね」ということであれば、湊大とてなんら問題なく出前を取る。

──俺が忘れてきたんだよ！　玄関に置き忘れた。それを見た結凪はどう思ったか……。

まあ、彼女のことだからそこまで気にしていない可能性もある。

おおらかなところが結凪の美点のひとつだ。

──……だからって、忘れてきていいって話じゃないんだよ。

弁当ひとつでここまで大仰に悩める自分が愚《おろ》かしいのは認めよう。

好きな女が作ってくれたから、という前置きを抜きにしても、仕事人として午後の職務のために昼食を摂るのは当然の義務だ。

医者の不養生なんて笑えない。

頭ではいくらでも自分を説得する言葉を思いつけるのに、それがひとつも心に刺さらないのだから恋というのはままならないものだ。

「あのぉ、朱宮先生、ご家族の方が……」

呼びかけられて、顔を上げる。

湊大には、病院まで押しかけてくる家族なんてひとりも心当たりがない。

――いや、違う。来るとしたら彼女しかいない。
ばっと立ち上がり、廊下へ向かう。
背の低い女性が、廊下の向こうにひっそりと立っている。
居ても立っても居られなくなり、湊大は駆け寄るより先に彼女の名前を呼んでいた。
「結凪！」
やわらかな茶色い髪が揺れる。
顔を上げた結凪が、湊大に気づいて口元を緩ませた。
「病院内は走らないでくださーい」
冗談めかした声に、抱きつきたくなる。
「ごめん」
だが、実際には抱きつくどころか深々と頭を下げた。
弁当を忘れてきてごめん。
ここまで持ってきてくれたのなら、その手間もかけさせてごめん。
なのに、仕事中に会えて嬉《うれ》しいなんて思ってしまってほんとうにごめん。
ひと言に、いくつもの思いを込める。
彼女に伝わっているかどうかはわからないけれど。

「お弁当忘れたくらいで、そんなこの世の終わりみたいな顔しないで。ちょうどよかったから、わたしの分も作ってきちゃった。一緒に食べよう？」

「ありがとう」

湊大は、言葉の少ないほうではない。

どちらかといえば、言葉を駆使して相手を煙《けむ》に巻くことのほうが多い人生だと自覚してきた。

しかし、ほんとうに感情があふれたときには、人は言葉少なになるらしい。

――思っていたよりも、俺の結凪への愛情は重症みたいだ。

ふたりは中庭へ向かう。

十一月といえども、陽のあたるベンチなら昼食にはもってこいだ。

「ところで、何回もメッセージ送ったのに気づかなかった？」

結凪がこちらを見上げて尋ねてくる。

「ああ。今日は朝からお弁当を忘れたことで、だいぶ落ちてたからね。スマホなんて見もしなかった」

「……お弁当を忘れたせいなの、それ」

「そうだけど？」

彼女が信じられないという表情で、わざとらしくため息をつく。

そんな横顔もかわいらしい。

「ありがとう」

「さっきも聞いたよ」

「いや、あの日、階段から落ちてくれてありがと、結凪」

「まったくお礼を言われたくない気持ちだけど!?」

喜怒哀楽がはっきりしていて、言いたいことをちゃんと口に出す彼女を、今また心から愛しいと思った。


……|……|……


中庭に、陽光がやわらかに射し込んでいる。

枯れ葉は丁寧《ていねい》に掃かれて、石畳を鳩が歩いていた。

牧歌的でのどかな景色の中に、お弁当の入った保冷バッグを頬ずりせんばかりに抱きかかえる男がひとり。

「……先生、お弁当は温めてもどうしようもないから食べようよ」

ベンチに腰を下ろすと、思っていた以上に留め金部分の金属がひやりと冷たい。

「俺の絶望が結凪にわかる？」

――わかりたくない。

「愛する彼女が作ってくれたお弁当を玄関に置き忘れたときのショックは、そうそうトレースできない感情だと思うよ」

「あ、はい。そうだね」

棒読みの返事で、結凪は彼の腕から保冷バッグを取り上げた。

ファスナーを開けると、お弁当箱がふたつ。

片方を湊大に渡し、もうひとつを自分の膝の上に置いた。

「いただきます」

箸を手に、両手を合わせて彼が言う。

「いただきます」

追いかけるように結凪も小さく声に出した。

陽光は暖かいが、十一月の気温は低い。

風がなければベンチで食べるお弁当も悪くないものの、ときおり中庭を抜けていく風はもう冬の香りがしていた。

「エビシュウマイ、最高においしいよ」

「よかった」

「炒飯にはやっぱり紅生姜だな」

「うん」

今日の湊大はいつにもまして料理ひとつひとつに感動してくれている。

――届けにきてよかった。

彼が出勤したあと、実はまったく忘れ物に気づかず、結凪はコンビニに履歴書を買いに行っていた。

イタリアンレストランの求人募集を写真に撮って帰宅し、やっと玄関にお弁当が忘れられているのを知ったのである。

それからメッセージアプリで何度も連絡をしたけれど、湊大はずっと未読のままだった。

手術に入っているのかもしれない。

忙しくて、スマホも確認できないのかもしれない。

ほんとうは、病院へ押しかけるのはかなり悩んだ。

――だけど、やっぱり持ってきてよかった。一緒に中庭でお昼を食べられるのは嬉しい。

いつもと同じ、美しい箸の使い方で彼が食事を終える。

「結凪は、いいシェフになるね」

「先生、今日は毒舌を忘れたんじゃない？」

「別に俺は誰彼構わず毒を吐《は》いてるわけじゃないよ」

「……その言い方だと、わたしは吟味された『毒を吐いていい相手』になっちゃうんだけど」

「好きな子に意地悪したくなるのは、男の性《さが》みたいなものだ」

——うわあ、そんなところで偉《えら》そうにされたくない。

結凪も同じ献立のお弁当を食べ終えて、ふたり分のお弁当箱をもとの保冷バッグにしまう。

「いいシェフになるってのが気に入らないならさ」

「うん」

「俺の餌付《えづ》けがうまい、ってのはどう？」

初めて会ったときは、彼の顔立ちの美しさに見惚《みと》れた。

階段から転げ落ち、相当な怪我をしていたときだというのに、湊大の美貌は鮮《あざ》やかに結凪の目に映っていた。

今だって、それにかわりはない。

彼は誰の目にも麗《うるわ》しい人物に見えるだろう。

「美人は三日で慣れるって、あれはある意味真実だよね」

ぽつりとつぶやいた結凪に、湊大が「どういう意味？」と顔を覗《のぞ》き込んでくる。

「俺の顔に飽《あ》きたってこと？」

そこで、自分の美貌をしっかり認識しているところが湊大らしい。

「飽きたというより、慣れたんだよ」

「その差は？」

「先生の外見より、内面に惹《ひ》かれてるって意味」

結凪にとっては、自分の作った料理をおいしそうに食べてくれる男性はそれだけで好ましい人間である。

「先生」

「何、もう俺の顔に飽きたって話はいいよ」

「ありがとう」

保冷バッグのファスナーを指先でいじりながら、結凪は彼から目をそらして感謝の言葉を口にした。

階段から落ちてくれてありがとうと言われても嬉しくない。

だけど、そこに愛情があるのもちゃんと伝わっているのだ。

あの日、ふたりが出会っていなかったら今の関係はなかったと思う。

カフェで働く結凪と、整形外科医の湊大。

ふたりの接点は、病院しかなかった。

「どういたしまして」

「え、何がとかないの？」

「好きになってくれてありがとう、と脳内補完した」

「……それは、そうだけど」

それだけではないと言いたい気持ちもある。

毎日、結凪の作る料理を食べてくれることに。

未来の見えない結凪に居場所をくれることに。

初めての恋人になってくれて、この先も一緒に過ごそうとしてくれていることに。

どうお礼を言ったって、きっと足りない。

だけど、その感謝はお礼と違う何かも含まれていて。

「結凪、満腹？」

「うん」

「じゃあ、はい」

白衣姿の彼は、両手を広げてこちらに向き直る。

「うん？」

「寒いだろ？　あっためてあげる」

「いや、落ち着いて。ここ、先生の職場だよ？」

「だから？」

開き直った大人は強い。

結凪は耳が熱くなるのを感じながら、彼を軽く睨《にら》みつけた。

「ごはんを食べたら、デザートがほしくなった？」

「よくわかってるな。そのとおり。俺は今、結凪欠乏症が悪化してるから、そろそろ禁断症状が出るところだよ」

「午後も働けるように、補給しないとね」

彼の胸元にそっと顔を寄せる。

背中に回された手が温かい。

「……あー、なんでここ職場なんだよ」

――それは、あなたが勤務中だからでは？

ぎゅう、と抱きしめられて笑いそうになる。

「結凪、キスしていい？」

「ダメでしょ、さすがに」

「じゃあ、帰宅したらする」

子どもみたいな言い方が愛しい。

「わかった。マンションで待ってるね」

「絶対するから。玄関まで迎えに来いよ。靴脱ぐ前に結凪にキスするからね」

手を洗うより、うがいをするより先に。

――今夜、彼は帰宅したらわたしにキスをする。

初冬の風が、ふたりのうなじをするりと撫《な》でた。

どこにも行きたくない。

ずっとこの人のそばにいたい。

「……よし、じゃあ帰る！」

「もう少し」

「はいはい、先生はお仕事に戻る！　呼び出されても知らないよ？」

ベンチから立ち上がって、結凪は大きく伸びをする。

「寝ないで待ってるから、早く帰ってきてね」

「約束する」

その日、湊大は宣言どおり二十時には帰宅した。

結凪は書き終えた履歴書を、クリアファイルに挟んだ。

今という幸せを胸に、このマンションを出ていく準備をする。

・・・・・┃・・・・・・・・・┃・・・・・

結婚式の貸衣装は、ネットで予約できる。

そのくらい、結凪だって知ってはいたけれど活用しようという頭はなかった。

「そもそも、先生がパソコン持ってることだって知らなかったし……」

リビングのソファに座ったふたりは、テーブルのノートパソコンを覗《のぞ》き込む。

「スマホだってドレス選ぶくらいできるけどね。画面が大きいほうが見やすいだろ？」

「それはそうだよね」

湊大の提案で、貸衣装は式場に併設されているレンタルブティックを利用することにした。

東京で衣装を借りて持っていくのは大変だからだ。

自分で運ばずとも、会場まで送ってくれる貸衣装屋もあるのだが、その場合は送料が加算される。

——和穂ちゃんの結婚式なんだから、衣装代まで先生に払ってもらうのはちょっと違う。これは、先生の分までわたしが払うべきだ。

「結凪、このドレスはどう？」

「え、こんな華やかなの似合わないよ！」

彼が選んだのは、品のいいシャンパンゴールドのチュールドレスだった。

十一月の終わりで、地元はかなり肌寒い。

なるべく肌の露出を少なくしたいという結凪の希望どおり、インナーワンピースのついたデザインだ。

「襟ぐりもあまり開いてないし、袖も長い。スカート丈も長めだよ」

「先生、見て。このモデルさん、身長一六五センチって書いてあるの。わたしが着たら、マキシ丈になる」

「いいんじゃないか？」

彼はぐいと結凪を抱き寄せる。

「きゃっ、ちょ、ちょっと！」

「俺の結凪を、あまりみんなに見せたくない」

彼の言葉に、心臓がどくんと大きく鼓動を打った。

「見せたくないって……でも、披露宴に行くんだから親戚には挨拶《あいさつ》しなきゃいけないし……」

「結凪のこのきれいな肌を」

湯上がりのパジャマをめくり、彼がすべらかな腹部を手のひらで撫でる。

「や、何、くすぐったい……っ」

「ほら、きれいな体をしてる。結凪の手首も足首も、うなじやのどだって、誰にも見せたくないんだよ。わかる？」

耳の下にキスをしてくる湊大が、吐息《とき》にかすれた声で甘くささやいた。

――ヘンなさわり方されると、おかしくなる……！

「結凪、この体は誰のもの？」

「そっ……んなの、わたしの……」

「はい、はずれ。バツとしてキス一回ね」

彼はあらわになった腹部に顔を近づけ、臍《へそ》の上に唇を押し当てた。

「んっ……！」

くすぐったい。だけではない。

甘い予感に体が疼《うず》く。

「さっきのは質問がわかりにくかったかな。結凪を女にしたのは誰？」

「い、言い方、やらしいよ」

「もっと具体的に言われたい？　結凪の処女を奪ったのは——」

「せっ、先生です。先生、先生しか知らないからっ」

彼の言葉を遮《さえぎ》るために、慌てて答えを口にした。

それは事実で。

同時に、彼の望む答えで。

「よくできました」

ふたつの唇が重なり、その隙間から笑い声がこぼれる。

彼の、そして結凪の、笑い声。

「俺しか知らないままでいて」

「……わたし、浮気でも疑われてる？」

「婚前契約書があるから、そんなことしないだろ」

偽りの婚前契約書と、本気の恋。

アンバランスな関係性の上で、ふたりは手をつないで湊大の寝室へ移動する。

ベッドに重なり合うと、何も考えられなくなった。

彼を好きだという気持ち以外、何もわからなくていい。そう思った。

・・・・・━・・・・・・━・・・・・

和穂の結婚式は、十一月の最終日。平日だ。

直前の金曜日に、結凪は近所のイタリアンレストランの面接日程が決まった。

店の名前はトラットリアソッリーソという。

トラットリアは、イタリアでは大衆向けの家庭的な飲食店を指す。

ソッリーソは笑顔という意味だ。

店名は、ときにオーナーがどういう店を目指しているかをわかりやすく説明してくれる。

そういう意味で、トラットリアソッリーソは『誰もが気軽に入れる店』『食べると笑顔になる店』というわかりやすくて伝わりやすい、それでいてこだわりと愛情のある店なのだと感じられた。

「へえ、いいところに住んでるんだね」

オーナーシェフの日下部《くさかべ》が、結凪の履歴書を手に目を瞠《みは》る。

住所だけで建物がわかるのは、彼もまたこの近隣に住んでいるということだろう。

「あ、はい。わたしのマンションではないんですけど」

——先生のマンションだもの。

そういえば、住民票も移していない。

このまま仕事を始めるとなると、住民票は調布《ちょうふ》に移したほうがいいのではないだろうか。

「家族と住んでるの？」

「えーっと、そうではなくて」

口ごもる結凪を見て、日下部は何かを察したように顎を撫でる。

「ああ、なるほど。結婚はしてない？」

「してませんっ」

「じゃあ、今のところは恋人と一緒に暮らしているということかな」

「そっ……ういう感じ、です。はい」

――同棲してるって、職場でも言うことになるんだ！　は、恥ずかしい……！

一瞬、脳裏をセクハラじみた会話がよぎった。

二度目に勤めたレストランのシェフは、セクハラパワハラモラハラのハラスメント大王だったから。

「家に帰って、料理を食べてくれる人がいるというのはいいものだよね」

「は、はい」

――あれ？　これは……セクハラでは、ない？

「もちろん自分で試食するのも悪いことじゃないんだけど、食べておいしいって言ってくれる人が身近にいるのはいい環境だよ。自分のことですまないが、ひとりだと作るのも面倒になってコンビニ飯になりがちだった時期があってね」

「そうだったんですか」

「ああ。なので、帰って一緒に食事をするパートナーがいると、料理の腕はめきめき上がる。御塔坂《おとうざか》さんは、まだ若い。ここで一緒に成長していけるといいですね」

前向きな言葉に、背筋が伸びる。

日下部シェフは、かつて結凪が一緒に働いていたどのシェフとも違った。トラットリアを名乗る店にふさわしい、家庭的な料理と人間性を持った人なのだろう。

——わたしには、料理を食べてくれる人がいる。

湊大がおいしそうに食事をする姿を思い出し、心が温かくなる。

彼の存在は、今の結凪にとって何にも代えがたいものだ。

——先生のおかげで、新しい仕事に踏み出せる。

がんばろう、とあらためて気合いを入れたところに日下部が椅子《いす》から立ち上がった。

「御塔坂さんはもともとイタリアン専攻だったんだよね。試しに一品作ってもらっていいかな」

「は、はい！」

面接のみだと思っていたが、実技も見られるのか。

——どうしよう。時間をかけずに作れる得意な料理……？

エプロンを借りて手を洗うと、結凪は火の前に立ち、鍋で湯を沸かす。

選んだパスタはペンネだ。

ホールトマトと玉ねぎ、ニンニク、赤唐辛子を用意して、お湯に粗塩をざっと溶かしてパスタを茹《ゆ》でる。

その間にニンニクと玉ねぎをみじん切りにした。みじん切りは苦手ではない。むしろ好きだ。

赤唐辛子は半分に切って種を抜く。

熱したフライパンにオリーブオイルをなじませ、ニンニク、赤唐辛子の香りを引き出す。

玉ねぎを加えてよく炒めたら、前もって潰しておいたホールトマトを一緒に煮ていく。

塩で味を調え、煮ている間にペンネを湯切りし、トマトソースに入れた。

——ここまで、手順は大丈夫。あとはトマトソースの塩梅と、ペンネにある程度ソースを吸わせて……

味を確認し、ほんの少しだけ塩を足す。

自宅だと隠し味にめんつゆを使うところだが、シェフの前ではやめておこう。

そもそも、この厨房にめんつゆがあるかどうかがわからない。

手際よくペンネアラビアータを皿に盛りつけ、厨房にあったイタリアンパセリを散らして完成だ。

「できました」

日下部は、フォークでペンネを口に運び、親指を立てて目を細める。

「うん、うまいね。基本はできているし、前にいた店でも野菜は担当してたのかな」

「はい」

「うちでも、野菜はまかせられそうだ。料理に合わせた切り方は学んでもらうことになると思う。ところで――」

ふた口目を咀嚼《そしゃく》し、飲み込んだ日下部がじっと結凪を見つめてきた。

「もし、家でペンネアラビアータを作るとしたら、御塔坂さんはこれと同じものを作る？　それとも、何か味を足しますか？」

「……めんつゆを隠し味に少々」

「なるほど。丁寧《ていねい》に作ってあるけれど、たしかに時間が足りないこともあってコクが薄い。めんつゆはいいアイディアだ。家庭の味になるね」

そして、結凪は十二月第二週からトラットリアソッリーソで働くことになった。

最初は契約社員を三カ月、続けられそうな場合は正社員契約をすることになると説明され、正社員になれる。喜びに跳び上がりそうになる。

この店で、料理人への道をもう一度歩きはじめるのだ。

「ありがとうございます。どうぞよろしくお願いします！」

元気よく頭を下げた結凪に、日下部は妻でホールスタッフの新苗《にいな》を紹介してくれた。

「あら？　あなた、以前に何度かお食事に来てくれていた……」

「あ、はい。ここのランチおいしくて、ときどき食べに来てました」

ホールで注文や料理のサーブをしてくれたのが日下部のパートナーだったとは。

「これからは、一緒にがんばりましょうね」

「よろしくお願いしますっ」

もう一度、深々とお辞儀をして。

居場所がまた増えた、と結凪は感じていた。


……‥|……‥|……‥


「――ということで、十二月第二週から社会復帰することになりました！」

元気いっぱいに報告した結凪だったが、湊大は少し寂しげに微笑《ほほえ》む。

――あれ？

彼もきっと喜んでくれると思っていた。

いつも結凪の料理を褒《ほ》めてくれて、おいしい店に連れていってくれて、料理人を目指す結凪を応援してくれているものと信じてきたが、そうではなかったのだろうか。

「先生、疲れてる？」

「いや。かわいい結凪が、大人になっていくんだなあと思ってね」

大きな手でぽんと頭を撫でられた。

だが、結凪はもともと大人なのだ。二十三歳の成人女性である。

──これは、先生から見たらわたしはまだまだ子どもだってこと？　それとも、成長したと認めてくれているの？

「でも、やっぱり疲れた顔してる。マッサージしようか？」

「…………」

彼は黙って結凪を見つめていた。

その目が何を語っているのか、結凪にはわからない。

──沈黙から察しろってこと……？

お互いに無言のまま、数秒が過ぎる。

まるで一秒が一分にも感じるほど、沈黙が重かった。

「あのさ」

「うん！　何？　なんでも言って！」

気負った返事に、彼は困ったように微笑んだ。

「そんなたいした話じゃないよ。ほら、もうすぐ和穂さんの結婚式だろ」

「うん」

「よく、結婚式に参列すると結婚したくなるって言うよな」

「あー、たしかに」

——それが、何？

わかったような返事をしつつ、首を傾《かし》げた結凪を、湊大が「わかってないな」と笑う。

「や、わかってるよ？　そういう話は聞いたことあるから」

実体験が伴《ともな》っているかどうかは別として、耳にしたくらいは結凪だってある。

「でも、結凪がそうだってことじゃないんだよね」

それはそのとおり。

結凪にはまだ、結婚なんて遠い夢のような話だ。

そもそも、つい先日まで恋愛経験だってほとんどなかったのである。

——だけど、それをわざわざ言うってことは……？

湊大としては、結凪に釘《くぎ》を刺しているのかもしれない、と思う。

だからこその「結凪はそうじゃない」というダメ押しなのでは？

胃のあたりがぎゅうっとせつなくなる。

――結婚したいなんて言ってない。好きだから一緒にいたい。ただそれだけ。

教授の娘との縁談すら回避したがる湊大だ。

彼は、結婚したくないのだろう。

だとしたら、自分に言えることはひとつだけ。

「うん、流されて結婚したい気持ちにはならなそうかな。今はとにかく仕事をがんばりたい！」

必要以上に力んだ言葉になってしまったけれど、これが正解だ。

結婚、結婚と彼をせっつくようなことはしない。

湊大に自分をそういうタイプだと思ってもらう以外、彼と一緒にいる道はないのだと感じた。

「俺も、結凪には夢を叶《かな》えてほしいと思うよ」

けれど、先ほどよりももっと寂しげな――ある種のせつなさを、痛みを伴う微笑で湊大が目を細めた。

何を言えば正しいのだろう。

――先生は、この生活を続けたいわけじゃない。わたしが仕事を見つけて出ていくことを望んでる。恋愛と同棲は別、そういう考えだと思っていたけど……

もしかしたら、それすらも間違っているのではないか。

結凪は湊大に近づき、じっと彼の目を覗き込む。

「ん？」

形良い二重に、甘やかさと怜悧《れいり》さを兼ね備えた瞳。

この人が、自分を好きになってくれるだなんて奇跡にしか思えない。

一緒に暮らしているのは、最初の契約があったから。

それだけのはず。

「先生は、わたしが仕事をするのが寂しいの？」

「んん？？？」

先ほどと同じような返事だが、疑問符の数が増えたように思う。

見当違いの質問だったのか。いや、でもレストランで働く話題しか――

「あっ、わかった。わたしが大人になって離れていく気がして寂しい？」

これだ、と目を輝かせた結凪に、彼がやれやれとばかりに肩をすくめてみせる。

「よくわかったねー。そのとおりだねー」

「……棒読みだけど？」

「結凪がまっっっったくわかってないから、ほかに言いようがないんだよ」

湊大が両手で結凪の髪に指を入れ、くしゃくしゃとかき乱す。

「っちょ、先生、やめて、髪の毛！」

「あー、おバカさんでかわいいね。うんうん、俺はどんな結凪も愛してるよ」

「愛情の発露がおかしいっ」

「だったら、ベッドに行く？」

急に耳元でささやかれ、心臓がどくんと大きく跳ねた。

しかし、この流れに身をまかせては、彼の表情がいまいちな理由がわからなくなってしまう。

同時にお誘いを断ることで、いっそう距離が広がってしまうのも不安だ。

だから、結凪にしては精いっぱい考えた。

考えに考え抜いた結論が、

「……ベッドに行ったら、どうして元気がないのか教えてくれる？」

だったけれど、これが正しいかどうかは別として。

「元気があるところを証明するよ」

「そうじゃなくて！」

「結凪に証明したいなあ」

「っっ……！」

頬が熱くて、彼を見ていられなくなる。

うつむいた視線の先、靴下を履いた湊大のつま先に、素足でちょんと触れてみた。

――わたし、先生の家族のことも友だちのことも、何も知らないんだ。

働いている病院と、住んでいる家、オムライスが好き。

今、目の前にいる湊大のことを知っていればそれでいいと思っていたけれど、つきあうというのはもっと彼の深いところまで知ってもいいのではないだろうか。

たとえば、どうして結婚したくないのか。

医局で出世したいとは思わないのか。

この先、どういう人生設計を描いているのか。

そこに結凪はいるのか――

「先生」

「ん。ベッド行く？」

「先生の未来に、わたしはいる？」

結凪は、どんな仕事をしても、どこに住んでも、湊大とつきあっていきたいと思っている。

初めてつきあった人だ。

彼と別れる未来なんて、今のところまったく想像すらしていない。

――だけど、先生は違う。わたしよりずっと大人で、恋はいつか終わるものって思っているかもしれない。

「それは、逆プロポーズ？」

「えっ、ち、違う。そんな深い意味はなくて！」

急に顔を覗き込まれ、結凪は慌てて両手を胸の前で横に振る。

「違うのか。残念だな」

――残念なの!? 迷惑じゃなくて？

いつだって、湊大は結凪の心をぶんぶんと振り回す。

こんなに感情が動くのは、彼のことを好きだから。

「さっきの話だけどさ」

「うん」

「結凪も、実際に和穂さんの結婚式に参列したら、結婚したくなるかもしれないだろ」

――あ、そこ？

もしかしたら、結婚式に何かトラウマでも……と考えていると、彼は眉根を寄せてわざと顔をしかめてみせる。

「それが嫌なわけ」

はっきりと嫌だと言われて混乱した。

結凪からの逆プロポーズは勘違いだとわかると残念だと言って。

けれど、結凪が結婚したくなったら嫌だというのは、どういう了見なのだ。

――わからない。さっぱりわからないよ！

「わたし、先生に結婚してくれなんて言ってない！」

「知ってる」

「じゃあ、何がイヤなの？」

告白してもないのにフラれたような気分で、半ばヤケになって結凪は彼を問い詰める。

「だから、誰かの結婚式を見て、結婚したいって思ったところにつけこんでプロポーズするのは嫌だって話だよ」

「ああ、そういう…………えええっ⁉」

混乱はますます悪化の一途をたどっている。

もちろん結凪の頬の紅潮も最高潮だ。

――プロポーズって、誰が？　先生が？　わたしに⁉

少々鈍感なところのある結凪でも、彼の言いたいことは伝わっていた。

そして、湊大の誠実さと潔癖さもしっかり届いている。

何かに影響されて結婚したくなったところにつけこむのではなく、自分を見て判断してほしいのだと、彼は言っているのだ。

「せ、せんせい、ちょっとわたし、あの」

「聞いて、結凪」

うろたえる両手を、彼がきゅっと握りしめた。

逃げ場を失い、結凪は湊大をおそるおそる見上げる。

そこにはもう寂しさは見当たらなかった。

「結凪は仕事を見つけて、お金を貯めて、俺のマンションから出ていくつもりなのかもしれないけど」

聞いて、と言われたからには、ここで口を挟むわけにはいかない。

それでも、心の中で結凪は叫《さけ》んでいた。

――それは、先生のほうが出ていってもらいたいんでしょ!?

「俺は、ずっと結凪と一緒にいたい。こんなふうに思ったのは初めてのことだ。自分に結婚願望があるなんて、俺だって知らなかった」

「け、っこん」

「そう。俺と結婚しよう、結凪」

完全に、プロポーズだ。ミスリードの余地なんてない。

考えなければいけないことはいろいろあるけれど、率直に結凪は嬉《うれ》しいと感じていた。

「あ、あの、でもわたしたち、つきあいはじめたばかりだし、仕事とか、えっと」

「わかってる。今すぐに結婚したいって無理を言うつもりはないよ。ただ、結凪と結婚したいって思っているのを知っていてほしい」

「…………」

何も言えなくなる。

口を開いたら、きっと「わたしも」と言ってしまうだろう。

――わたしだって、誰かとこんなに一緒にいたいと思ったのは先生が初めてだよ。

誰より最初に、わたしにいちばん近いところまで来てくれた人。初めて、心から好きになった人……

「結凪、真っ赤になってるところもかわいいよなあ」

「ひゃ！」

彼が結凪の赤く染《そ》まった頬に唇を這わせる。

「ちょ、くすぐったい、先生っ」

「うん。だけど、くすぐったがる結凪もかわいい」

「また、かわいいでなんでも片付けようとする！」

「仕方ないだろ。結凪が悪い」

「わたしのせい……？」

まだ、頭の中で彼のプロポーズがリフレインしている。

結婚。

二十三歳の結凪には、遠い先の話に思えていた。

東京で自立して生きていくことを何よりの目標と考えていたし、そのためには恋愛や結婚よりも手に職をつけることが先決だった。

だけど、結婚したら——その先はどうなるのだろう。

「わたしは、結婚しても仕事を続けたい」

「もちろん。結凪がしたいようにすればいいよ。俺は結凪の店に食事に行きたいからちょうどいい」

「え、そんなゆるっとした感じでいいの⁉」

「……むしろ、結凪はどんな返事を求めてたんだよ」

東京に暮らして五年。

結婚後も働く女性が多いのはわかっているけれど、今もまだ結凪の中には地元の価値観が残っている。

結婚後の女性は、地元でパートをするのが普通だった。

結凪には理解しがたい村の女性たちのコミュニティに所属し、それまでの『娘』から『妻』あるいは『嫁』という立場にクラスチェンジが行われる。

そしていつか、あの村に埋まってしまうのだ。

精神的にも肉体的にも、あの閉ざされた世界から出られなくなる。

「わたし、わたしは……」

うまく説明できずに口ごもると、湊大が唇を軽く指腹でなぞった。

「わかった。とりあえず俺は今日から本気で、結凪を愛してるって伝えるようにしてみる」

「えっ?」

プロポーズされた時点で、じゅうぶん彼の気持ちは伝わっているつもりだったのだが。

「だから、本気で愛するけどいいんだな？」

「っ……！」

両腕で抱き上げられ、結凪は反射的に彼の首にしがみつく。

「ダメって言ったら、やめちゃうの？」

「それ、けっこうな誘い文句だって気づいてる？」

ベッドに運ばれるのはわかっていて。

だけど、嫌なわけではない。

——先生の本気を知りたい。本気で愛されたい。もっと、もっと……

甘く、夜が蕩《とろ》けていく。

ベッドは軋《きし》み、ふたりの呼吸が上がる。

愛されたいと思うのと同じくらいに強く、彼をもっと愛したいと心から思った。

……|……・……|……


「で、俺の本気は伝わった？」

湊大はベッドに仰向《あおむ》けになって、隣で浅い呼吸を繰り返す結凪に問いかける。

「つ……伝わり、すぎ……」

「足りないなら、おかわりする？」

「しないっ！」

甘い時間には種類がある。

薄甘いところから始まり、キスの嵐と快楽の予感による甘みMAXの時間を過ぎると、残されるのは快楽に翻弄《ほんろう》される甘さも苦さもわからないほどの脳が蕩ける激甘タイムだ。

最終的に、全身くまなく愛情で満たされて快感だけを感受してもらう。

結凪が「もうムリ」「やめて」と言い出してからが本番なのだが、そのあたりは詳細を語ると彼女が今よりさらに呼吸困難に陥《おちい》るのが目に見えているからやめておく。

大人には線引きが必要だ。

――ほんとうに、俺だって知らなかったんだ。

自分に結婚願望があることも、これほどの独占欲があることも。

収入面で言うならば、結凪が外に働きにいかなくとも生活に困ることはない。

本来ならば、彼女を閉じ込めて自分だけで独占したい気持ちがある。

しかし、それでは結凪のためにならないことも知っているのだ。

結婚というシステムが、現代社会において絶対ではないことをもう誰もが知っている。

それは、父親の世代は就職したら一生同じ会社で働いていたけれど、今の子たちが違うのと同様である。

また、母親の世代は結婚を永久就職と呼んだが、近年の調査では離婚率が三十五パーセントにのぼるのも関係してくる。

湊大が一生、結凪を愛し続けたとしても。

彼女の気持ちが同じかどうかは、誰にもわからない。

疑っているわけではないのだ。

盲信することは、暴力だと湊大は思っている。

現実の相手から目をそむけ、想像の中の相手に理想を押しつける。

そんな関係は、湊大の望むところではない。

閉じ込めて、自分だけを見てくれればいいのにと願うと同時に、彼女が自身の翼で自由に飛び回る姿を見たいと思う。

いつかもしも、結凪の心が自分から離れていったら、そのときには彼女の望む結論を。

——だから、結婚したいんだ。

矛盾《むじゅん》しているように見えて、一途《いちず》で。

一途に見えて、信用していないともとられがちな恋。

だが、湊大にとってはこれが普通だった。

少なくとも、御塔坂結凪というひとりの女性に対して、湊大が考え抜いた結果、これがいちばんいいと思えたのだ。

「先生？」

鼻先まで羽毛布団を引き上げて、結凪が目だけで呼びかけてくる。

「どうした？」

「どんな人生を送ってきたら、あんなことを学ぶの……？」

彼女のいう『あんなこと』は、おそらくベッドにおける愛の行為に関して。

「人生経験ごときで、愛情の伝え方なんて学べないよ。俺が結凪にしたいことをしてる。足りないならおかわりを——」

「満腹！　ですっ！」

ばふ、と羽毛布団が持ち上がった。

次の瞬間、彼女が湊大にも布団をかけ直してくれたのだとわかる。

「人間は、夜は寝るべきなんだよ。先生だって仕事で疲れてるんだから、ゆっくり休まないと」

ね？　と、彼女の視線が同意を求めてきた。

「わかったよ。結凪はかわいいね」

「…………」

「かわいいよね、結凪って」

「しつこい！」

くるりと背を向けた彼女をうしろから抱きしめる。

――俺の本気は、まだまだこんなもんじゃないけどな？

心の声は、彼女には秘密のまま、夜が更けていく。


……………――……………――……………

十一月三十日、ついにこの日を迎えた。

――ほんとうなら、今日を最後に先生との偽装婚約者の日々は終わるはずだったんだ。

和穂の結婚式ならびに結婚披露宴とは別のところで感慨深い思いに浸りながら、結凪はキャンドルサービスでテーブルまでやってきた従姉に笑顔でおめでとうを告げる。

結婚式に参加すると結婚したくなる――という、湊大の言っていた意味があらためてわかった気がした。

近くで見る和穂は、今まで見た中でいちばん輝いている。

純白のドレスに、繊細なレース。

何より表情が違っていた。

同じ村で育った、歳の近い従姉で幼馴染《おさなな じ》みの彼女の幸せを、結凪は心から祝福した。

「結凪、来てくれてありがとう。足はもう平気なの？」

「うん、元気。和穂ちゃん、ほんとうにおめでとう。最っ高にきれい！」

「ありがとう」

短い会話にも、彼女の幸せがにじんでいる。

――結婚、したくなる気持ち。

だが、和穂の結婚が理由というよりはこれはあくまで後押しに過ぎない。湊大がプロポーズしてくれたことのほうが、結凪にとってはリアルな結婚の自覚につながっていた。

隣に座る彼をちらりと横目で見る。

礼服を美しく着こなす彼は、女性参加者たちの目を一身に集めていた。

――先生はどこに行っても目立つからなあ。

披露宴が始まる前から、親戚のおばさんたちが代わる代わる結凪と湊大に声をかけにきたのは、ほんの一時間前の話。

「結凪ちゃん、大きくなって！　こちらは？　どなた？」

「えっ、結凪ちゃんのおつきあいしてる方なの？」

「あなた、すてきな男性をつかまえたわねえ」

言いながら、彼女たちの目が不躾《ぶしつけ》に湊大を値踏《ねぶ》みしていた。

外見だけであれほど盛り上がれるのなら、彼の職業を知ったら卒倒でもするのではないだろうか。

披露宴が終わり、新郎新婦が広間の入り口で参加者にひとりずつ挨拶をしてお見送りをする。

順番の長い列に並んでいると、両親が声をかけてきた。

「結凪、終わったらうちで食事会するから。朱宮《あけみや》さんもね、一緒にいらして」

「ありがとうございます」

清潔感のある笑顔で、彼が動じることなく答える。

まったく、湊大は肝《きも》が据わっている。

結凪のほうがよほど動揺しているほどだ。

やっと順番が来て、結凪は明るいところで和穂のウエディングドレスを目にする。

「結凪ー、今日は来てくれてありがとう！」

すでに感極まっているのか、和穂がぎゅっと抱きついてきた。

「幸せになってね、和穂ちゃん」

「うん！」

そして、抱きついたまま彼女が声をひそめた。

「……ところで、結凪の彼氏さん、かっこよすぎない？」

「えっ、あ、うん。あはは」

ごまかしたいところだが、そうは問屋が卸さない。

「どこで出会ったのよ、もう！」

従姉の追求に、結凪はかすかに赤面しながらもごもごと口を開く。

「えーと、実は病院で……」

「えっ、あの骨折のとき？」

「う、うん」

結凪が困っているのに気づいたのか、横から湊大が助け舟を出してくれる。

「初めまして、朱宮湊大です。帝栄《ていえい》大学付属病院の整形外科で働いています」

「初めましてっ、結凪の従姉の市来《いちき》和穂です」

ぱっと結凪から離れて、和穂が会釈した。

「このたびは東京《とうきょう》からわざわざ足をお運びいただきありがとうございました。和穂が、結凪さんのことをとても気にしていたので、お会いできて嬉しいです」

和穂の夫である市来は、穏やかな青年である。

――そっか、もう和穂ちゃんの姓は御塔坂じゃないんだ。

当たり前のことだ。

けれど、どこかで寂しさも感じる。

「市来さん、優しそうな人だね」

「でしょ？　わたしが選ぶだけあるでしょう」

ふふん、と胸を張る従姉はとても愛らしい。そして、誰より幸せな花嫁だ。

「朱宮さんも、結凪を大事にしてくれそうじゃない」

「……大事にしてもらってるよ。もちろん」

プロポーズまでされて、大事にされていないだなんて思うわけがない。

それでも、心にわだかまる何か。

――こんなに幸せなのに、素直にその幸せを呑《の》み込めないだなんて、わたしがおかしいの？

彼は結婚したいと、それは今ではないにせよ、将来的に一緒にいたいと言ってくれている。

――ああ、そうだ。

湊大の言っている未来は、今ではない。

では、未来とはいつなのか。

今も、一緒にいていいのか。

――今。わたしは未来よりも今、先生と一緒にいていいのかを知りたい。仕事を始めて、引っ越しの費用が貯まっても、先生と暮らしたい。もちろん家賃も生活費も入れる。ただ……

ただ、そばにいたい。

この気持ちに対して、プロポーズを受ければ一緒にいられるとわかっていても、それが答えだと考えていいのか判別できないのだ。

おかしなことを言っている自覚はある。

今すぐにプロポーズを受けると言えば、この先も一緒に暮らしていける。

——うーん……？　わたしの考えがおかしい？　わたしは、何を求めているの？

「結凪、なんでずっとしかめっ面《つら》してるのか教えてほしいんだけど」

会場を出たあと、湊大に呼びかけられて結凪はハッとする。

答えなんて、目の前にあるじゃないか。

「先生、わたし、仕事をしたら家にお金を入れるよ」

「ん？　なんの話？」

「だから、一緒に住みたい。というか、住み続けたいの」

レンタルのスーツを、ぎゅっとつかむ。

頭の中で考えたところで、結凪には結凪のことしかわからない。

彼の答えを知りたいなら湊大に直接聞くのがいちばん彼の気持ちに近づける——と、思いたい。

「ちょっと待った。俺は、結凪がマンションを出ていきたいのかと思っていたよ」

「えっ、どうして？」

「いや、それはこっちが聞きたい。だから、結凪に結婚という選択を提案したつもりだったんだけど、その感じだと伝わってなかったな」

はあ、と彼が肩を落としてため息をつく。

たしかに伝わっていなかった。

結婚したいと思ってくれているのは、一緒に住みたいと同義ということになるのか。

——うん、まあ、別居婚をしたいと言われていないんだから、そうだってことなのもわかるんだけど……

「違うの」

結凪の言葉に、彼が片眉を上げて続きを促《うなが》す。

「ううん、違わないんだけど違うの」

「なるほど？　何が違うのか教えてよ」

「だから、あの、わたしは結婚してもしなくても、先生といたいってことなの」

「？　ちょっと待った。俺は今、プロポーズを断られてる？」

「ちーがーう！」

とりあえず、この話はここで打ち切りだ。

ふたりは着替えをして、レンタル衣装を返却しなければいけない。

最近のレンタルドレスは、クリーニングせずにそのまま返すこともできる。

その分の料金をレンタル代に含んでいると説明に書かれていた。

「あとで、もう一度話そう」

「うん」

着替えを済ませ、レンタル衣装の返却を終えると、ふたりはタクシーに乗って結凪の実家へ向かう。

——近所の人が家に来ていないといいんだけど……

杞憂は杞憂のままで終わるのが理想だ。


「いらっしゃい、さあさあ、上がって」

まず、玄関先に出てきたのは母ではない。

幼いころから知っている、近所の女性だ。

彼女の息子は、村役場で働いている。

——昔から結婚相手にどう、って冗談なのか本気なのか言われてたなあ……

久々の帰省で、家族ではない人から出迎えられるのも地元あるあるだった。

「お邪魔《じゃま》します」

「ただいまー」

いつもならこの時点で「これだからうちの地元は」と心の中で悪態のひとつもつくところだ。

けれど、今日は違う。

このくらいのことは想定内で、前もって湊大にも言ってあった。

田舎の古い家は広い。

とにかく土地が余っているし、古いからどこもかしこも隙間風がよく通る。

隙間風の通り道があるということは、虫も動物も、そして人も勝手に入ってくる家だ。

縁側はいつも開け放されているし、なんなら玄関だって鍵をかける習慣がない。

「先生、覚悟したほうがいいかも」

「何を？」

「たぶん、すごい数がいる」

室内から漏《も》れ伝わる気配に、結凪は襖《ふすま》の前でそう告げる。

居間に入ると、畳が見えない程度には人間が集《たか》っていた。

――ほらね、予想を超えた。

「おかえりぃ、結凪ちゃん」

「いい男連れてきたねえ」

「あら、おにいさん、ちょっとこっち来て駆けつけ一杯呑んでってよ」

結婚式の帰りで集まった人々は、すでに酒が入っている。

さらに御塔坂家で呑んでいるのだから、酔っぱらいの集まりだ。

「ありがとうございます。先に結凪さんのご家族にご挨拶をしてから、ごちそうになります」

湊大は穏やかな笑みで誘いをかわし、結凪にちらと目線を送ってくる。

家族を紹介せよという意味だろう。

「お父さん、お母さん、こちら、朱宮湊大さん」

呼びかけられて、両親が軽く会釈をする。

「急にお邪魔して申し訳ありません。結凪さんとお付き合いをさせていただいています。朱宮湊大と申します」

「よう来たね。いらっしゃい」

母が立ち上がり、仏壇の前から座布団を持ってきて父の横に席を準備してくれた。

「ほら、あんたたちも席譲って。結凪がせっかく東京からお医者さん連れてきたんだから」

盛り上がっていた人々が、医者という職業を聞いて一斉に「ほおー」と声をあげる。

「だったら、せっかくなら婿に来てもらえばいい」

「そうだそうだ。村に医者が増えて助かるからのお」

勝手なことを言う彼らをしりめに、結凪は湊大と並んで父の隣に座った。

お土産を渡し、ひと通りの挨拶を終えると、湊大は勧められるままに酒を飲んだ。

――先生、ムリしてないかな。イヤならイヤって……まあ、この状況だと言えないだろうけど。

「地元のお酒ですか？　スッキリしていて飲みやすいですね」

「おお、朱宮さんは日本酒もいけるクチかい。こりゃ、地元の酒造の酒よ」

当初の予定では、ふたりは結婚の挨拶をすることになっていた。

だが、それは本気で恋愛をする前の話だ。

――この流れで結婚しようと思ってるなんて言ったら、わたしたちほんとうにすぐ結婚することになっちゃうんじゃないの？

それが嫌なわけではない。

彼も、こうなることを見越して前もってプロポーズしてくれたのだと思う。

——先生のことは好き。結婚だって、将来的には、うん。

煮え切らない自分に、結凪は苛立《いらだ》っていた。

好きな人に好きだと言ってもらえて。

好きな人からプロポーズをされて。

その上で、まだ足りないというのならあまりに強欲だろう。

——東京で暮らしたかった。地元に戻りたくなかった。ここには馴染《なじ》めない。だけど、だからって先生を好きになったと思われたくない。


ふ、と。

足りなかった最後のピースが見つかる。

そうだ。ここから逃げ出すために好きになったんじゃない。

もとは実家に戻りたくないから湊大の案に乗った。

「お父さん、お母さん」

——でも、違うの。そう、違うの。わたしは、先生のことが……

「わたし、朱宮さんと結婚したいの」

湊大が、一瞬息を呑むのを感じた。

予定では、彼が挨拶をしてくれることになっていた。

だが、結凪は誰かに自分の人生を丸投げする気になれない。そこが、ずっと引っかかっていたのだ。

「私も、結凪さんと結婚したいと思って、本日お邪魔しました」

突然の結凪の発言に驚いているだろう湊大だが、すぐに結凪をフォローしてくれる。

「あら、いいじゃない。結婚式はこっちでやるの？」

「それは無理だよ。朱宮さんの仕事の関係だってあるんだから」

「えー、だってねえ、和穂ちゃんの結婚式を見たら、なんだか気持ちが盛り上がっちゃって。結凪も地元で結婚式やったらいいじゃないの」

言い返そうと口を開くより早く、湊大が結凪の肩を軽くつかんだ。

「それも含めて、これからご相談させていただければ嬉しいです。結婚についても、すぐにということではなく、結凪さんの新しい仕事が軌道に乗ってから考えていますので」

「そうなの？　仕事なんて、子ども産んだら続けていけるものでもないでしょうしねえ？」

ずっとそう言われて育った。

手に職を、と思ってがんばってきたのに、結婚したら家に入るのを当たり前のようにこの村の人間は言う。

両親ですら、そうだった。

「いえ、私は結凪さんの料理人としての夢を応援しています。なので、家事も育児もふたりで協力し合っていきたいんです。もちろん、結凪さんほどの料理は作れませんが」

真剣なまなざしを、最後だけ少し冗談にまぎれさせる湊大が好きだ。

親の手前の言葉ではない。

彼がほんとうにそう思ってくれているのが伝わってくる。

――本気で愛するって、こういうことなんだ。先生にとって愛するというのは、相手を尊重すること。

胸の奥がじいんと熱くなった。

「わたしも、自分の店を持つ夢を諦めたくない。だから、がんばろうと思う！」

力の入った声に、母もほかの人たちも納得のいかない表情で視線だけをあちこちに飛ばしている。

「ふたりがよけりゃ、それでいい」

かすかな気まずさを一掃したのは、予想外の人物——父だ。

母よりも父のほうが、古い考え方だと思っていたのに。

「結凪、朱宮さんがここまで言ってくれているんだから、仕事もしっかりがんばれ。朱宮さん、こうと決めたらテコでも動かん娘ですが、大事にしてやってください」

「ありがとうございます。大事にします。何よりも、彼女を大切にします」

父と湊大が頭を下げ合うのを見ていたら、自然と涙が浮かんできた。

こんなわかりやすい感動シーンに涙することになるなんて、恋愛は不思議だ。

頑《かたく》なだった結凪の心を、いつの間にか和らげてくれている。

「わたしも！」

両手をぎゅっと握りしめ、結凪は身を乗り出した。

愛されるだけ、守られるだけでは足りない。

「わたしも、先生のこと幸せにする。大事にして、大切にする。よろしくお願いします！」

深く深く頭を下げた。

この人を幸せにしたいと思う。心から、そう思う。

「がんばんなさい。人生、けっこう長いわよ」

母の言葉が、ずしんと胸に響いた。

居間を占拠する近隣の住民たちが、拍手喝采で湊大と結凪を祝ってくれる。

「やれ、めでてえなあ」

「ほんとだよ。今日は和穂の結婚だけじゃなく、結凪まで祝いごとだ」

「地元に戻ってくりゃいいに」

「ほうじゃ、そうしたら医者が増える」

いつもなら、好き勝手なことを言う彼らに嫌悪感を覚えることもあった。今だってゼロではない。

だけど。

「先生は東京に仕事があるの！　わたしたちは東京で幸せになるから、おっちゃんおばちゃんらも、ここで幸せでいてよね！」

世界は、少しだけ優しくなる。

少しだけ、誰かの幸せを願いたくなる。

立ち上がって腰に手を当てた結凪を見上げ、湊大が笑っていた。

彼が笑ってくれるなら、きっと結凪はいつでもどこでも幸せだと思った。

東京へ戻ったのは、結婚式翌日の昼過ぎだった。

予定では、結婚式のあと東京へ帰ってくることになっていた。

しかし、ふたりの結婚宣言に宴会は盛り上がり、湊大も結凪の実家に泊まる羽目になったのである。

彼が前もって余裕のあるスケジュールで休暇をとっておいてくれたことに感謝だ。

調布駅を出ると外はあいにくの雨。

「お昼ごはん、どうする？　何か買って帰るか、食べて帰る？」

家に帰ってから作ってもいいのだが、新幹線に乗っている間からふたりともお腹が空いていた。

昨晩、思いのほか楽しいお酒を呑みすぎてしまい、今日は朝食が入らなかったのも一因だ。

「俺は、結凪を食べたい」

タクシー乗り場の手前で、彼が耳元に顔を寄せてくる。

買ったばかりのビニール傘から、ぽつりと水滴が落ちた。

「そっ……これは、お昼ごはんじゃないと思うんだけど……」

「昼は駄目《だめ》？　夜なら食べていいのかな？」

「…………」

返事に詰まるのは、恥ずかしいせいだ。

——いや、でも結婚するって言ってるのにいつまでも恥ずかしがってるのってどうなの？　いい加減、うっとうしいって思われるんじゃない？

意を決して、ビニール傘越しに彼を見上げる。

「ん？」

結凪の覚悟を察したのか。

はたまた、鬼の形相で見上げていたせいか。

湊大が不思議そうに結凪を見つめてくる。

——ほんとうに、きれいな顔。だけど、先生って初めて会ったときは、もっと涼しげというかクールというか、そういう印象だったなあ。

「結凪、何か言おうとしてるんじゃなかった？　俺に見惚《みと》れてただけ？」

「違うよ。見惚れたのは事実だけど、お昼でも食べていいよって言おうとしてるんだよ！」

「……俺はきみのそういうおバカさんなところが嫌いじゃないけどね。言おうとしてるって、全部言っちゃってるのは気づいてる？」

「！　う、ううう……」

一拍遅れて、顔が熱くなる。

彼の言うとおり、すべて言ってしまった。

しかも、こんな駅前の人が多い場所で。

「それじゃ、帰ろうか」

「え、ごはんは」

「だから、俺は結凪が食べたくて、結凪は食べていいって言ったでしょ」

つまり食事なんてどうでもいいと言いたげに、彼がタクシー乗り場へ向かう。

駆け足で追いかけると、足元で跳ねた水がふくらはぎを濡《ぬ》らした。

スカートの裾《すそ》が濡れて冷たい。

だけど、そんなことどうでもよかった。

たった二泊の外泊だったのに、ふたりの部屋に早く帰りたかった。

・・・・・|・・・・・・・・・・|・・・・・・

——起きたら、どんな顔をするんだろうな。

夕方のベッドは、ほのかな背徳感が漂う。

いつもなら、仕事をしている時間だ。

窓の外からは、しとしとと雨音が続いている。

腕の中で眠る結凪は、目を閉じているといっそう幼く見える。

雨の日は眠くなる、と彼女は言っていた。

その言葉のとおり、愛情の確認が終わったとたんに眠りに落ちて、今もまだ湊大の眠り姫は目を覚まさない。

彼女の左手の薬指に、やわらかなピンク色の石がついた指輪が光っている。

——どうやって渡すか散々考えて、結局寝ている間にこっそりはめるなんて、俺もどうかしてる。

結凪の実家に挨拶に行って、彼女が地元を嫌っている理由はなんとなく察した。

都心で生まれ育った湊大からすると、あんなふうに近所の人たちが何もかもを知っている環境は馴染みがない。

だが、同時に彼女はあの家を、家族を、近隣の住民を、苦手には思っていても憎んでいないのが伝わってきた。

彼女にとって、生まれ育った家であり、村なのだ。

皆に祝福される結凪は、嬉しそうでもあった。つまり、そういうことなのだろう。

——それにしても、俺を幸せにしたいだなんて。言ってくれるよな。

眠る彼女の鼻先を軽くつまんでみる。

「んぅ……」

不愉快そうに湊大の手を払い、結凪は寝返りを打った。

健康で明るくて物怖《ものお》じしない。

それでいて、恋愛には妙に逃げ腰な彼女。

「厄介《やっかい》なんだよなあ」

だが、そこがかわいい。

湊大は運命なんて信じていないし、たったひとりの絶対的な存在を作る気もなかった。

見栄ばかりを気にする両親を見てきて、金銭的に裕福であるからといって心が豊かなわけでも幸せなわけでも、円満な人生を送れるわけでもないと知っている。

幸福なんて、自分で決めて自分で選び取るものだ。

恋や愛だけがすばらしいという風潮は、あえて排除して生きてきた。

自分の好きなものだけで部屋を作る。

休みに好きな映画を観て、好きな音楽を聴いて、好きな画集のページをめくる。

それだけで幸せだと思っていた。

それだけで、幸せなはずだった。

充足していた生活に、結凪は味をくれた。

色をくれた。

光をくれた。

優しさと、勝ち気なまなざしと、負けず嫌いのくせにすぐ赤くなる愛らしさを見せつけて、湊大に心をくれた。

——結凪と出会って、世界のすべてが変わったなんて言うのは大げさだろ？

彼女に言ったらきっと、顔を真っ赤にする。

だが、やはりそんな顔がかわいくてたまらない自分がいる。

「結凪が何をしていても、大好きだよ」

「っっ……さ、さっきから、ブツブツ何言ってるの!?」

いつの間に起きていたのか。

彼女は羽毛布団をぎゅうと握りしめて、恨めしそうに湊大を見上げていた。

「ブッブツって失礼だなあ。結凪のことが好きだって言ってたんだよ」

微笑みかけると、結凪が唇を尖《とが》らせる。

けれど、すぐに彼女の表情が変わった。

――やっと見つけてくれたみたいだな。

待ち望んだ瞬間を迎え、湊大は早くも頬を緩ませた。

「えっ……？　待って、嘘《うそ》でしょ？」

「嘘じゃない。はずすなよ？」

左手の薬指には、ピンクダイヤモンドの指輪が光っている。

すぐに結婚する話でないのはわかっていた。

だが、婚約指輪くらい許されるのでは、と自分に前置きして準備した指輪だ。

「はずすよ！」

はっきり宣言されて、さすがに湊大も少々ショックを受ける。

――結婚して、俺を幸せにしてくれるんじゃなかったのか⁉

動揺に、そんなことも口走りそうになる。

かろうじてこらえたところに、彼女がくしゃりと微笑んだ。

「厨房でこんなすごい指輪してられないでしょ」

――まったく……。まったく、どうしようもなく、たまらなく、手のつけようがないくらいに、俺の婚約者はかわいい！

「……心臓に悪い」

「え、なんで、きゃあっ」

愛しい体にのしかかり、彼女の唇を強引に塞《ふさ》ぐ。

かすかな抗《あらが》いと、すぐに湊大を受け入れてくれる唇が好きだ。

「ありがとう、先生」

「うん」

「大事にするね」

「俺のことも大事にしてよ？」

冗談めかした言葉に、結凪は大きくうなずく。

「大事にする。大好きな人だから、ずっとずーっと大事にするね」

細い両腕が湊大の首に絡みつく。

くるくると表情の変わる彼女に、湊大の心も強く動かされる。

「婚前契約書もあるしな」

「そうだったね」

「俺は結凪といると幸せだよ。結凪が笑ってるのを見るのが何より好きだ。疲れて帰っても結凪がいると嬉しい。だから俺のために結婚しよう」

キスを挟んで、直後に結凪が眉を歪《ゆが》ませた。

「勝手すぎない!?」

そうだ。勝手だ。

だが、人間なんて誰もが勝手に幸せになるしかない。

「きみを幸せにするって一方的に言うほうがよほど勝手だろ。結凪は結凪で俺といて幸せになれよ。俺はずっと結凪のことを愛し続ける。俺の愛情を食べてすくすく育てばいい」

「わたしだって、先生といると幸せだよ」

「だったら、なんの問題があるんだ?」

「……うーん? 問題……」

彼女の瞳を、まっすぐに見つめる。

「好きだよ。結婚して」

「うう……」

目をそらしそうになって、それでも恥ずかしさに負けまいと必死にこちらを見つめ返してくるところが愛しくて。

「結凪がいないと生きていけない」

「それは嘘っぽい……」

「嘘じゃないけど、たしかにすべてが真実でもないな」

「ほら！」

「だけど、俺が結凪を愛してるのだけは誰にも否定させない。だから、俺と結婚しよう」

「…………はい。よろしくお願いします」

夕陽が沈む。

窓の外に夜が訪れ、ふたりの心と体が重なる。

あの日、結凪が階段から落ちていったときに、もしかしたらふたりが出会うことは決まっていたのだろうか。

それが運命だろうと、そうでなかろうと構わない。

――俺は、彼女と出会った。人を愛する気持ちを知った。

終章

春の陽射しがやわらかにチャペルを包み込む。

花嫁は、ウエディングドレスの裾《すそ》をさばきながら、うろうろと控え室を歩き回っていた。

――電話、出ない！　間に合わなかったらどうするの？

今日、結凪《ゆな》は湊大《そうだい》と結婚式を挙げる。

その前夜、整形外科医である新郎は夕方に起こったトンネル崩落事故の対応で病院に呼びつけられていた。

メッセージアプリで、

『絶対に間に合うように行くから』

とは言われていたものの、不安にならないわけがない。

――先生、どうなってるの？　もしかしてどこかで睡魔に負けて寝落ちしてる？

ううん、それならまだいい。事故にでも……

手にしていたスマホが大音量で着信を知らせる。

「はい、もしもし！　先生！」

『悪い。今、向かってる』

「眠いんじゃないの？　だいじょうぶ？」

『結婚式に新郎が、眠いから欠席なんてありえないだろ』

電話の向こうで湊大が笑う。

その笑い声を聞くと、絶対にだいじょうぶだと思える。

「待ってるね」

『ああ。俺の好きな笑顔で待ってて』

電話を切ると、心配顔の和穂《かずほ》が控え室にやってきた。

「結凪、朱宮《あけみや》さんどうだって？」

「もうそろそろつくみたい。心配かけてごめんね」

「ううん」

和穂のお腹はだいぶ大きくなっている。

「あっ、和穂ちゃん、そこのソファ座って」

「ありがとう」

——いつかわたしも、先生と新しい家族を迎えられるのかな。

幼いころから大好きだった従姉は、もうすぐ幸せな母親になるのだろう。

彼が来るのを待つ。

それは、ほんのりと不安で。

けれどとても幸福な時間だった。

十二分後、廊下を駆けてくる足音が耳に入った。

――先生だ！

椅子《いす》に腰掛けていた結凪は、ぱっと立ち上がる。

ドアが開くのを待ちきれず、控え室の中を走りだす。

「結凪！　待たせてごめん」

ドアを開けた湊大は、汗だくで白衣を着たままなのに目を瞠《みは》るほど美しい。

「先生、走ってきたの？」

「信号につかまった。途中で降りて走ってきたよ」

ドレスが汚れることも気にせず、ふたりは抱き合った。

強く引き寄せる腕が、結凪を包み込む。

控え室にいたスタッフの女性と和穂が、同時に拍手を送ってくれた。

――ああ、よかった。間に合って……。

「って、こんなことしてる時間ないから！　先生、早く着替えしないと！」

我に返った結凪の言葉に、湊大は前髪をかき上げて爽快《そうかい》な笑みを見せる。

「待ってろよ。世界一かっこいい花婿になって現れるから」

「うーん、白衣のままでもじゅうぶんかっこいいけど」

「言うじゃん。さすが俺の花嫁だ」

メイクが崩れないよう、彼が結凪のひたいに軽くキスをする。

これから、すべてが始まる。

偽りの婚前契約は終わり、真実の結婚生活がふたりを待っている。

――先生がいれば、だいじょうぶ。いつだって、どんなときだって、ふたりで生きていく。

チャペルの鐘が鳴るまで、あと三十分。

結凪は未来への期待を胸に、目を閉じた。

大好きな人と生きる、これからを心に描いて――

あとがき

こんにちは、麻生ミカリです。マーマレード文庫では三冊目となる『ウソ婚契約ですが、ドSな敏腕外科医から溺愛を注がれてます』をお手にとっていただき、ありがとうございます。ちなみに自身にとって八十冊目の刊行です。わーい、キリがいい！

本作を書いていたとき、都内某所で転倒して頭をしこたま打ち、救急車で脳神経外科に運ばれました。今こうしてあとがきを書いているから無事だったわけですが、怪我をする瞬間ってほんとうに一瞬が引き伸ばされて感じますね。

カバーイラストを担当くださった堤先生。以前から繊細な絵柄に惚れ込んでいたので、こうしてお仕事をご一緒できてとても光栄です。最高にかっこいい湊大と、かわいらしい結凪を描いてくださり、ありがとうございました！

最後になりましたが、この本を読んでくださったあなたに最大級の感謝を。

またどこかでお会いできる日を願って。それでは。

二〇二三年　気温三六度の夕暮れに　麻生ミカリ

m a r m a l a d e b u n k o

元極道なイケメン社長の一途な求愛！
子どもごと愛されて…♡

ISBN 978-4-596-01541-9

極愛婚

～（元）極道社長に息子ごと溺愛されてます～　麻生ミカリ

施設育ちの妃月は、極道の有己と愛し合い子どもを身ごもるが、とある理由から妊娠を告げず彼の前から姿を消した。五年後、シングルマザーとして息子を育てる妃月の前に、不動産会社の社長となった有己が現れる。「愛しい女が産んだ子だ。心から愛して、育てる覚悟はできている」再会した有己は、妃月と子どもを溺愛し、一途に求婚してきて…!?

甘くてほろ苦い。キュンとする恋♥　マーマレード文庫　定価 本体600円 ＋税

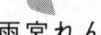

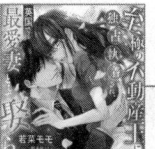

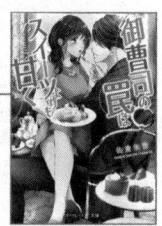

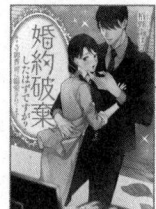

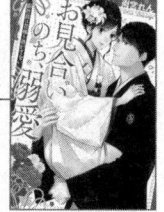

ファンレターの宛先

マーマレード文庫をお買い上げいただきありがとうございます。
この作品を読んでのご意見・ご感想をお聞かせください。

宛先　〒100-0004　東京都千代田区大手町 1-5-1
大手町ファーストスクエア イーストタワー 19 階
株式会社ハーパーコリンズ・ジャパン　マーマレード文庫編集部
麻生ミカリ先生

マーマレード文庫特製壁紙プレゼント!

読者アンケートにお答えいただいた方全員に、表紙イラストの
特製 PC 用・スマートフォン用壁紙をプレゼントします。

詳細はマーマレード文庫サイトをご覧ください!!
公式サイト
@marmaladebunko

twitterもチェック!

原・稿・大・募・集

マーマレード文庫では
大人の女性のための恋愛小説を募集しております。

優秀な作品は当社より文庫として刊行いたします。
また、将来性のある方には編集者が担当につき、個別に指導いたします。

募集作品
男女の恋愛が描かれたオリジナルロマンス小説(二次創作は不可)。
商業未発表であれば、同人誌・Web上で発表済みの作品でも
応募可能です。

応募資格
年齢性別プロアマ問いません。

応募要項
・パソコンもしくはワープロ機器を使用した原稿に限ります。
・原稿はA4判の用紙を横にして、縦書きで40字×32行で130枚～150枚。
・用紙の1枚目に以下の項目を記入してください。
①作品名(ふりがな)/②作家名(ふりがな)/③本名(ふりがな)
④年齢職業/⑤連絡先(郵便番号・住所・電話番号)/⑥メールアドレス/⑦略歴(他紙応募歴等)/⑧サイトURL(なければ省略)
・用紙の2枚目に800字程度のあらすじを付けてください。
・プリントアウトした作品原稿には必ず通し番号を入れ、
右上をクリップなどで綴じてください。
・商業誌経験のある方は見本誌をお送りいただけるとわかりやすいです。

注意事項
・お送りいただいた原稿は返却いたしません。あらかじめご了承ください。
・応募方法は必ず印刷されたものをお送りください。
CD-Rなどのデータのみの応募はお断りいたします。
・採用された方のみ担当者よりご連絡いたします。選考経過・審査結果についてのお問い合わせには応じられませんのでご了承ください。

m a r m a l a d e b u n k o

応募先
〒100-0004 東京都千代田区大手町1-5-1 大手町ファーストスクエア イーストタワー19階
株式会社ハーパーコリンズ・ジャパン「マーマレード文庫作品募集」係

ご質問はこちらまで E-Mail / marmalade_label@harpercollins.co.jp

マーマレード文庫

ウソ婚契約ですが、ドSな敏腕外科医から
溺愛を注がれてます

2022年9月15日　第1刷発行　定価はカバーに表示してあります

著者　麻生ミカリ　©MIKARI ASOU 2022
発行人　鈴木幸辰
発行所　株式会社ハーパーコリンズ・ジャパン
東京都千代田区大手町1-5-1
電話　03-6269-2883（営業）
0570-008091（読者サービス係）
印刷・製本　中央精版印刷株式会社

ISBN-978-4-596-74862-1

m a r m a l a d e b u n k o